Inhalt:

Claudia Stosik

Der Riese Paul Herold

Von Leipzig nach Amerika

Engelsdorfer Verlag
Leipzig 2024

Titelbild:
Fotoaufnahme Paul Herold mit Frau aus dem Jahr 1912

Zur Autorin:
Claudia Stosik, geb. 1961 in Dresden, Studium der Geschichte und Kulturwissenschaften an der staatlichen Fernuniversität Hagen.
Masterarbeit über die Schulklasse ihres Vaters:
„Die Kriegsjahre 1943-1944 und die Fürstenschüler von St. Augustin zu Grimma – Schuljahrgang 1939-1945“

Bibliografische Information durch die Deutsche Nationalbibliothek:
Die Deutsche Nationalbibliothek verzeichnet diese Publikation in der Deutschen Nationalbibliografie; detaillierte bibliografische Daten sind im Internet über https://dnb.de abrufbar.

ISBN 978-3-96940-896-4

Hergestellt in Leipzig, Germany (EU)
Gedruckt auf FSC®-zertifiziertem Papier

Druck & Bindung: Esser printSolutions GmbH Bretten

www.engelsdorfer-verlag.de

16,00 Euro (DE)

VORBEMERKUNG

"Wenn wir heute, im Jahr 2006 noch wissen, dass es in unserer Familie vor hundert Jahren[1] einen "echten Riesen" gab, so ist das in erster Linie unserer Großmutter der "Beyers Oma" zu danken.“

Wir, das sind ihre Enkel, Urenkel und nun gehören auch schon die Ururenkel dazu. Einer ihrer Enkel, mein Bruder Helmut, hat mit dazu beigetragen, dass "der Riese" nicht in Vergessenheit geriet. In jungen Jahren beschleunigte sich nämlich sein Wachstum ganz außergewöhnlich und in einem Maße, dass unsere Oma, die "Beyers Oma" den Riesen zu neuem Leben erweckte und sein Erbgut, das mehrere Generationen geschlummert hatte, als Ursache für dieses Mega-Wachstum diagnostizierte. Helmut wurde zwar kein Riese, aber der Riese Paul Herold wurde durch ihn in unserer Vorstellung zu neuem Leben erweckt.

Von meiner Mutter erfuhr ich, dass Paul Herold, "der Riese", ein Cousin meiner Großmutter Lina Beyer geb. Voigtländer war. Der Vater meiner Großmutter, der Bäckermeister Friedrich Ernst Voigtländer und die Mutter des Riesen Paul Herold waren Geschwister.

Einige Fotos belegen, dass Paul Herold mit Sicherheit in den Jahren von 1893 bis 1936 auch als "Riese", als Artist, seinen Lebensunterhalt verdient hat. Viele Jahre hat er an verschiedenen Orten in den USA gelebt und gearbeitet. Auf den Fotos ist erkennbar, dass er seine Körperlänge durch geeignete Kopfbe-

1 Anm.: Vor hundert Jahren hieß 1906, ausgehend vom Zeitpunkt der Aufzeichnungen von Hans Hüfner dem Vater der Autorin

deckungen optisch noch vergrößert hat. Offenbar hat Paul Herold durch alle Jahre seines bewegten Lebens Kontakte mit seinen Verwandten aufrecht erhalten.

Dresden, 26. März 2006

Hans Hüfner

„Paul Herold – Der Riese – Ein lückenhaftes Kapitel Familiengeschichte vom Anfang des 20. Jahrhunderts – Zeitgeschichte aus der Froschperspektive“

... so lautete der Titel eines Heftchens unseres Vaters vom März 2006.
Inzwischen gibt es neue Erkenntnisse, so dass die Geschichte, also nicht nur Familiengeschichte sondern Zeitgeschichte, weiter geschrieben werden kann. Jedoch wird die aufschlussreiche Vorbemerkung aus dem genannten Jahr voran gestellt.

Dresden, Oktober 2024

Claudia Stosik

KINDHEIT UND FAMILIE

Taufe 1874

Laut Kirchenbucheintrag der Thomaskirche zu Leipzig wurde Ernst Otto Paul Herold am 27. September 1874 früh 8 Uhr in Leipzig geboren.

Die Taufe fand am 18. Oktober 1874 in der genannten Kirche statt.
Taufpaten waren:

1. Gottlieb Wenzel, Schuhmachermeister in Kühnitzsch
2. Friedrich Ernst Voigtländer, Bäcker hier
3. Anna Otto, Gärtners Tochter aus Lauterbach[2]

Beide letztgenannten Taufpaten heirateten am 5. September 1875 in Lauterbach und sind die Eltern von den Kindern (siehe Seite 19). Zum Zeitpunkt der Taufe war Friedrich Ernst Voigtländer Bäckermeister in Leipzig, später in Borna. (das waren meine Ururgroßeltern)

Friedrich Ernst Voigtländer und Paul Herolds Mutter Ernestine Emilie Voigtländer waren demzufolge Geschwister. Ausführlicheres über die Eltern im nächsten Kapitel. Aber zuvor füge ich, passend zur Taufe, ein paar interessante Details zur bekannten Thomaskirche ein.

---

2 Anm.: Lauterbach ist ein kleiner Ort in der Nähe von Bad Lausick, wo auch im Jahr 1875 meine Urgroßmutter Anna Lina Voigtländer geboren wurde; Q.: Personenstandsregister aus dem Stadtarchiv Leipzig

Thomaskirche zu Leipzig

Um das Jahr 1160 verlieh der Markgraf Otto der Reiche von Meißen der Burg und dem Burgvorort Libzi das Stadtrecht. Etwa ebenso alt sind die Grundmauern einer Kirche, die man bei Grabungen im Chorraum und in der Vierung der Thomaskirche gefunden hat. Dieser erste, sonst nicht näher bekannte Bau wurde Ausgangspunkt des von Markgraf Dietrich (des Bedrängten – Sohn Otto des Reichen) 1212 gestifteten Augustiner-Chorherrenstiftes. Bereits 1355 gestaltete man den romanischen Chorraum gotisch um. Am Ende des 15. Jahrhunderts brachten Silberfunde im Erzgebirge für die Stadt Leipzig großen wirtschaftlichen Wohlstand. Dieser hatte zur Folge, dass die Leipziger Kirchen innerhalb von 40 Jahren erneuert und erweitert wurden.

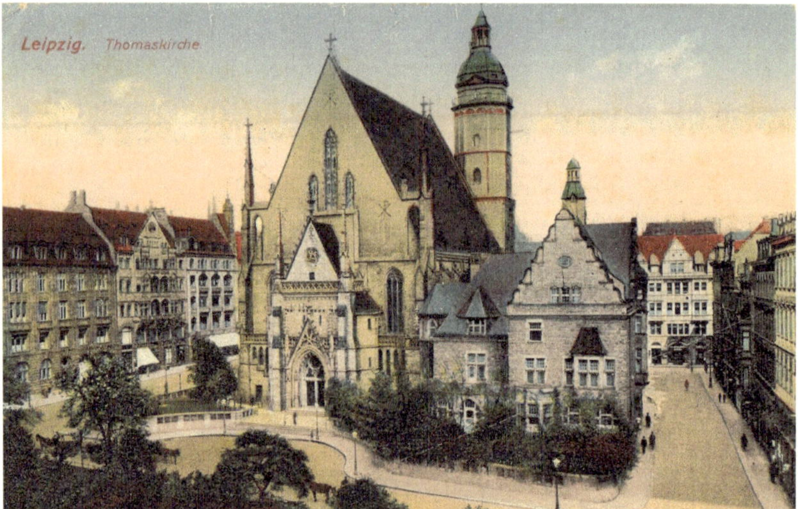

Die Thomaskirche um 1900

Im Jahr 1482 brach man das romanische Schiff der Thomaskirche ab und errichtete den bis heute erhaltenen Neubau einer spätgotischen Hallenkirche. Bis auf den Turm, der seine endgültige Gestalt 1702 erhielt, hat sich an der Architektur der Thomaskirche nichts geändert.
Einen schwersten Eingriff brachte die Renovierung der Jahre 1884-1889. Die gesamte Ausstattung der Barockzeit, besonders aus der Zeit in der Johann Sebastian Bach an der Thomaskirche wirkte (1723-1750), wurde entfernt. Seitdem zeigt sich das Innere der Kirche im neugotischen Stil. Die Orgeln aus der Bachzeit existieren nicht mehr.[3]

Die Thomaskirche im Oktober 2024

3 Thomaskirche (Leipzig) – Wikipedia

Herkunft der Eltern von Paul Herold

Paul Herolds Vater war Hermann Christian Herold:
* 23. September 1844 in Teichwolframsdorf/Thüringen,
† 1903 in Leipzig.

Dessen Vater war Christian Friedrich Herold aus Teichwolframsdorf. Er war dort Handarbeiter und Häusler, * 25. April 1809 in Teichwolframsdorf, † 9. Mai 1860 ebd. Er heiratete am 30. September 1833 Christiane Knüpfer, Carl Friedrich Knüpfers, ehemaliger Dienstknecht aus Cursdorf bei Reichenbach, uneheliche Tochter. Die Christiane Knüpfer wurde am 31. August 1811 in Teichwolframsdorf geboren und starb am 15. Juli 1886 ebd.
Christian Friedrich Herolds Ehefrau hieß angeblich Johanna Christiana Täubert – so steht es zumindest im kirchlichen Trauregister. Allerdings haben die fünf Geschwister vor ihm und das siebente Kind, ein Bruder, die Mutter mit dem Namen Christiane Knüpfer. Es kann durchaus sein, dass versehentlich ein falscher Name eingetragen wurde – vielleicht aus Unaufmerksamkeit, wer weiß. Und wenn einmal ein falscher Name in den Dokumenten steht, wird er immer wieder abgeschrieben. Es wird wahrscheinlich nie zu klären sein, wie es dazu kam.

Wiederum dessen Vater war Johann Gottfried Herold, ein Schuhmacher aus Teichwolframsdorf. Er wurde ca. 1775 geboren. Seine Frau hieß Christiane Thomas(in), geboren am 16. April 1777. Die Trauung war zu Epiphanias, also am 6. Januar 1799.
Er war der älteste Sohn von Meister Johann Georg Herold.

Zur besseren Übersicht:

Paul Herold * 1874	Anna Geppel
Christian Hermann Herold * 1844	Ernestine Emilie Voigtländer
Christian Friedrich Herold * 1809	Christiane Täubert bzw. Christiane Knüpfer
Johann Gottfried Herold * ca. 1775	Christiane Thomas
Johann Georg Herold * ca. 1750	Anna Sophia Zschirpin
Johann Michael Herold * ca. 1725	?

Hermann Christian Herold war das sechste Kind seiner Eltern. Zum Zeitpunkt seiner Trauung mit Ernestine Emilie Voigtländer 1874 war sein Vater bereits verstorben.

Pauls Vater Hermann Christian Herold war als Bremser bei der Staatsbahn in Leipzig tätig. In welchem Jahr er sein thüringisches Dorf verlassen hat, um in der Großstadt sein Glück zu versuchen, ist derzeit nicht bekannt. Vielleicht musste er auch zum Militärdienst antreten. Es wäre möglich, dass er am Deutsch-Französischen Krieg beteiligt war, der bekanntlich 1870/71 erfolgte. Interessant wäre es zu erfahren, ob der Vater Herold annähernd eine stattliche Größe erreichte wie sein Sohn in späteren Jahren. Er und seine Ehefrau Ernestine Emilie Herold geb. Voigtländer wohnten in Leipzig in der Lützowstraße 10.
Die Mutter vom "Riesen" war Ernestine Emilie Voigtländer,
* 13. Juni 1853 in Dornreichenbach, das ist ein kleiner Ort in der Nähe von Wurzen, † 1920 in Leipzig.
Ihr Vater war Johann Gottlob Voigtländer, * 10.04.1810 in Wagelwitz, ca. † 27.01.1866, welcher als Schneidermeister und Hausbesitzer in Dornreichenbach lebte. Die Mutter war Johanne Rosine Sophie Andrä

Die Eltern von Ernestine Emilie heirateten am 24.11.1844 in Deutschluppa.
Ihre Großeltern, Christian Heinrich * 1776 und Johanna Elisabeth Kirsten, heirateten am 8. September 1805 in Börln.

Die Ehefrau von Gottlob Voigtländer, Johanne Rosine Sophie Andrä, * 06.11.1821 in Wendisch Luppa, war ebenfalls zum Zeitpunkt der Eheschließung ihrer Tochter Ernestine Emilie 1874 bereits verstorben.

Mehr als diese Daten aus dem Personenstandsregister und den Kirchenbüchern sind nicht vorhanden. Was sollte auch in solch kleinen Orten Besonderes passieren? Bedingt durch die fortschreitende Industrialisierung verließen viele Menschen ab Mitte des 19. Jahrhunderts ihre angestammte Heimat, auch um der Landwirtschaft den Rücken zu kehren und in einer Fabrik ihr Geld zu verdienen. Paul Herolds Vater gelang es, bei der Staatsbahn einen Posten zu erhalten. Die Erschließung der Transportwege auf Schienen nahm ihren Lauf, denn ab 1839 erfolgte die Eröffnung der Eisenbahnstrecke von Leipzig nach Dresden.

Laut Adressbuch von Leipzig aus dem Jahr 1913 wohnte die Witwe Emilie Herold geb. Voigtländer in der Kochstraße 14, und zwar im Hinterhaus in der dritten Etage. Sie hatte das Rentenalter erreicht, aber im Adressbuch stand, dass sie als Aufwärterin tätig war. In den Jahren 1911 und 1912 wohnte Paul Herolds Mutter in der Südstraße 27 im Parterre. Über die Wohnverhältnisse in der Kochstraße 14 kann nichts Näheres berichtet werden, aber soviel ist gewiss: Paul Herold und seine Frau wohnten ebenfalls unter dieser Anschrift, auch als er schon längst in Amerika seßhaft war. Seine Frau wohnte noch bis in die 1940er Jahre in der Kochstraße im Leipziger Süden. **Hermann Christian Herold** heiratete am 3. August 1874 in der Thomaskirche zu Leipzig seine Braut **Ernestine Emilie Voigtländer.** Die Trauung führte der Hilfsprediger Herr Magister Zimmermann durch.

Leipzig im Jahr 1919

***

Herkunft und Bedeutung von Herold

Der Name Herold hat sehr viele Bedeutungen, unter anderem nennt sich so auch ein Ortsteil der Stadt Thum in Sachsen. Ein Versicherungsverein, gegründet in Berlin 1922, nannte sich „Deutscher Herold“. Wikipedia „spuckt“ noch sehr viel darüber aus, aber an dieser Stelle soll nur ein kurzer Blick in die Geschichte erfolgen.
Der Name leitet sich aus dem Germanischen ab und man findet ihn schon ab dem späten 12. Jahrhundert vor allem in England, Nordfrankreich und den heutigen Benelux-Staaten. Herolde waren Fachkräfte, wie man heute sagen würde, für alle Fragen des Zeremoniells, der Etikette, des Brauchtums und alles was in diesem Zusammenhang dazu gehört. Ihre Anwesenheit war erforderlich bei höfischen Turnieren, Festen, Empfängen und anderen Ereignissen. Die meisten Herolde standen im Dienst von Fürsten, einige dienten einer Kommune, einer Adelsgenossenschaft oder einem Orden. Besonders stark institutionalisiert war und ist das Heroldwesen in England. Ab dem ausgehenden Mittelalter wurde ein Teil ihrer Aufgaben von Heroldsämtern wahrgenommen, die in der Frühen Neuzeit und im 19. Jahrhundert in fast allen europäischen Staaten die Annahme neuer Wappen, Rangfragen innerhalb des Adels und Standeserhöhungen kontrollierten. Im 20. Jahrhundert wurden sie vielerorts mit dem Ende der Monarchie abgeschafft, in einigen Königreichen bestehen sie weiterhin.[4]
Herolde trugen als Heroldstracht einen besonderen mit dem Wappen ihres Dienstherrn geschmückten Mantel. Paul Herold trug bei seinen Auftritten oft Mäntel, die möglicherweise einen historischen Bezug zum Begriff „Herold“ und damit seinem Nachnamen darstellen könnten.

4 Q.: wikipedia.org/wiki/herold

Kindheit und Schule

Paul war das einzige Kind seiner Eltern. Über seine Kindheit und Schulzeit gibt es nur spärliche Kenntnisse. Fotoaufnahmen der Eltern Herold sind leider auch nicht vorhanden.
Mit 13 Jahren war er schon 1,93 Meter groß – so stand es in einer Zeitung.[5] Diese Informationen können ja nur von ihm selbst gestammt haben, denn jedes Detail von einem außergewöhnlichen Menschen begeisterte die Leserschaft und das wiederum förderte die Auflagenhöhe. Und sensationslüstern sind nun mal die Menschen. Irgend etwas wird davon schon gestimmt haben.

Auf Grund von "Herzschwäche" wurde er beim Militär ausgemustert. Anscheinend wäre die Größe kein Grund gewesen, vom Militärdienst befreit zu werden, denn in einer Zeitung von 1896 las ich über einen anderen Riesen folgendes:

> „Ein Riese von 2,23 Meter Höhe und 246 Pfund Körpergewicht wurde am Samstag in Kissingen für tauglich befunden und dem Infanterie Regiment in München überwiesen. Er stammt aus Großwentheim."[6]

Die Lehre als Zimmermann beendete er, allerdings sind über die Ausbildung und Gesellenzeit keine schriftlichen Dokumente vorhanden.

***

5 Schwerter Zeitung, Samstag, 28.11.1919, Nr. 279, 52. Jg., S. 2; DG: Westfälische Wilhelms-Universität Münster

6 Mayener Volksblatt, 17.03.1896, Nr. 64, 23. Jg., S. 3; DG: UuL der Rheinischen Friedrich-Wilhelm-Universität Bonn

Die Taufpaten

Die beiden Fotos entstanden etwa um 1880 – also sehr frühe Aufnahmen.

Taufpaten: Friedrich Ernst Voigtländer (1851)= Bruder von Paul Herold's Mutter*

*Friedrich Ernst Voigtländers spätere Ehefrau Marie Anna Otto *1851 in Kitzscher*

Der Bruder von Pauls Mutter, Friedrich Ernst Voigtländer führte kein spektakuläres Leben. Er und seine Geschwister wurden in Dornreichenbach in der Nähe von Wurzen geboren. Seine Schwester Ernestine Emilie Voigtländer zog es, genau wie ihn, Anfang der 1870er Jahre in die nahe Großstadt Leipzig. Er arbeitete dort als Bäcker. Pauls Mutter lernte vermutlich in Leipzig ihren späteren Ehemann, Hermann Christian Herold kennen.

Die Verwandtschaft aus Borna und Groitzsch

Paul Herolds Mutter Ernestine Emilie Voigtländer blieb ihr Leben lang in Leipzig wohnen. Nachdem ihr Mann gestorben war, musste sie ihren Lebensunterhalt als Aufwartsfrau verdienen. Ihr Bruder, der Bäckermeister, machte sich wahrscheinlich selbstständig und verlegte seinen Wohnsitz nach Borna, einer Kleinstadt südöstlich von Leipzig.

Friedrich Ernst Voigtländer heiratete 1875 Marie Anna Otto. Aus der Ehe gingen 5 Kinder hervor: Anna Lina, Emma, Bertha, Ernst und Luise Voigtländer.

Anna Lina Voigtländer geb. 1875

Emma Voigtländer geb. 1877

Luise Voigtländer geb. 1889

Mit den Cousinen Anna Lina und Luise korrespondierte Paul Herold – zumindest sind von diesen Familien Karten und ein Brief aufbewahrt worden. Über die Lebenssituation der Cousi-

ne Emma war er auch informiert, denn sie wird in seinem Brief aus dem Jahr 1927[7] erwähnt.
Man kann sicher davon ausgehen, dass Paul Herold generell an der Familie Voigtländer und Mewes interessiert war. Über die Cousine Bertha ist nichts bekannt. Mit dem Cousin Ernst Robert existiert keine Korrespondenz. In seinem Brief von 1927 erkundigte sich Paul Herold nach einem Onkel Karl, wobei ich den verwandtschaftlichen Zusammenhang nicht erschließen konnte.
Meine Urgroßmutter Anna Lina Voigtländer heiratete am 17. Juni 1899 in Borna Fürchtegott Robert Beyer. Sie wurde 1875 in Lauterbach bei Bad Lausick geboren. Er, Jahrgang 1874, also derselbe Jahrgang wie der Riese, stammte aus einer seit mehreren Generationen in Groitzsch ansässigen Familie.[8] Als Werkmeister war er in der Groitzscher Sockelfabrik beschäftigt, bis er durch einen Arbeitsunfall ein Bein verlor und dadurch zum Invaliden wurde. Das muss aber nach dem Ersten Weltkrieg passiert sein, denn er musste im Krieg dienen, obwohl mehrfacher Familienvater und zu Kriegsbeginn nicht mehr der Jüngste – nämlich bereits 40 Jahre alt. Seinen Militärdienst leistete er Mitte der 1890er Jahre in Borna ab. Dort lernte er auch seine spätere Frau Anna Lina Voigtländer, die Tochter des Bäckermeisters Friedrich Ernst Voigtländer kennen. Am Weltkrieg nahm er als Landsturmmann teil. Im Juli/August

7 Anm.: Siehe Kapitel „Brief aus Buffalo an Lina Beyer 1927“ auf S. 124
8 Anm.: Der Großvater von Fürchtegott Robert Beyer, Gottfried Beyer *1800, heiratete 1824 eine Johanna Rosina Leisching. Die Leisching-Vorfahren entstammten einer bürgerlichen Familie aus Langensalza/Thüringen. Es ist insofern interessant, weil es Verbindungen zum Dichter Friedrich Gottlieb Klopstock gibt. Das ist urkundlich belegt, aber die vielfachen Verzweigungen, die immer mehr zunehmen, je weiter man in der Generationsfolge zurückgeht, lassen sich in diesem Rahmen mit wenigen Sätzen nicht darstellen. Das würde auch vom eigentlichen Thema zu weit weg führen.

1915 wurde er an der Ostfront vor Warschau eingesetzt. Darüber berichtete Robert Beyer in seinen Feldpostbriefen, die meine Großmutter Johanna Hüfner geborene Beyer in ein Heft übertragen hat und dadurch als Abschrift erhalten blieben.

Emma Voigtländer heiratete ihren Mann, der aus Köln stammte, etwa 1902 und hieß fortan Haberecht. Doch zuvor arbeitete sie als Haustochter in Leipzig und wohnte dort in der Mathildenstraße 70 in Leipzig-Connewitz – also in der Nähe der Familie des Riesen.
Luise Voigtländer heiratete vermutlich im Jahr 1913 ihren Mann Oskar Mewes – einen Maurer, gebürtig aus Magdeburg. Interessant erscheint die Berufsbezeichnung seines Vaters: Dieser arbeitete im Jahr 1889 als Feuerwehrkutscher in Magdeburg. Oskar Mewes wohnte mit seiner Frau in Leipzig und man kann es kaum glauben – in der Kochstraße 14, also hatten sie dieselbe Adresse wie Paul Herolds Mutter. Vermutlich wohnte auch Paul Herold mit seiner Frau in der Wohnung seiner Mutter. Aber im Jahr 1913 war der Riese mit seiner Frau ständig unterwegs, so dass es vielleicht keine häufigen Kontakte zwischen den Familien gab. Seit wann Oskar Mewes in der Kochstraße wohnte, kann auch nicht ermittelt werden, da er nicht im Adressbuch verzeichnet ist. Das heißt: Er und seine Frau oder auch er allein wohnten bestimmt zur Untermiete im Haus – vielleicht sogar bei Luises Tante Emilie Herold. Die Familie Mewes zog dann ab Mitte Mai 1913 nach Borna, wo auch im Juli 1914 ihre erste Tochter geboren wurde. Ob das nun alles Zufälle waren oder ob die Zimmervermittlung durch Luise Mewes (Voigtländer) Tante Emilie Herold zustande kam, kann nicht mit Gewissheit gesagt werden. Jedenfalls ist es nicht verwunderlich, dass der Riese in späteren Jahren Post an seine Verwandten in Borna und Groitzsch sandte. Dass die Familie

Mewes im Mai 1913 zurück nach Borna zog, kann auch mit dem Gesundheitszustand der Eltern Voigtländer zusammen gehangen haben. Sehr alt sind die beiden nicht geworden, aber das ist bei dem anstrengenden Bäckerberuf auch nicht verwunderlich. Beide, Friedrich Ernst Voigtländer und Marie Anna geb. Otto, starben in Borna kurz hintereinander im Juli 1913.

Der Bäckermeister Friedrich Ernst Voigtländer mit seiner Ehefrau und Tochter Luise vor ihrem Wohnhaus in Borna etwa 1910

***

Hochzeit im Juni 1899 von Anna Lina Voigtländer und Fürchtegott Robert Beyer

Meine Urgroßeltern wohnten später in Groitzsch, dem Geburtsort von Robert Beyer sowie dem Geburts- und Heimatort von

zahlreichen seiner Vorfahren. Als Tochter der beiden wurde meine Großmutter Johanna Beyer am 5. Mai 1901 in Groitzsch geboren. Sie war die zweite von insgesamt vier Geschwistern und das einzige Mädchen, was kein Anlass war, sie besonders zu verwöhnen, sondern eher ein Grund, ihr einen beträchtlichen Teil der häuslichen Pflichten aufzubürden. Über diese Ungerechtigkeit hat sie sich immer wieder und bis ins hohe Alter beklagt, durchaus zu Recht.
Höhepunkte während der Schulzeit meiner Großmutter waren die alljährlichen Ferienreisen. Im Sommer, in den großen Ferien, ging es hinaus in die weite Welt, ganze 20 Kilometer, mit der Eisenbahn nach Borna. Dort betrieben ihre Großeltern eine Bäckerei. Allein die Eisenbahnfahrt war schon ein aufregendes Ereignis, mindestens genau so aufregend wie 10 Jahre später für den Riesen die Schiffsreise über das „große Wasser" nach Amerika.

Zum Thema Verkehr um 1900 schrieb mein Vater Hans Hüfner folgende Zeilen:
„Geboren als Untertanen des letzten deutschen Kaisers Wilhelm II. und der sächsischen Könige, wuchsen sie [die Eltern meines Vaters – Johanna Beyer = Tochter von Lina Voigtländer] in einer Zeit auf, die auch heute noch oft als die „gute alte" bezeichnet wird. Eine gute Zeit war es sicher, wenn man heute, fast hundert Jahre später, an die Umweltverschmutzung durch Industrie und Verkehr denkt. Nur selten knatterte damals ein Benzinwagen durch die Straßen, und der Himmel gehörte noch fast ausschließlich den Vögeln, die in einem gelegentlich vorüber schwebenden Zeppelin-Luftschiff keine ernsthafte Konkurrenz sahen. Meine Mutter bestätigte mir, dass die Auspuffgase dieser frühen Benzinkutschen keinesfalls als Beeinträchtigung der Lebensqualität, sondern als etwas unerhört Neues

empfunden und als duftende Vorboten eines technischen, eines besseren Zeitalters eingesogen wurden.“[9]

„Der Vater meiner Mutter, mein Großvater Robert Beyer, war Werkmeister in der Groitzscher Sockelfabrik. Das war ein renommiertes Unternehmen, in dem Metallsockel für elektrische Glühbirnen hergestellt wurden. Er bewohnte mit seiner Familie zuletzt eine sehr geräumige Betriebswohnung, die bereits mancherlei Komfort aufwies wie Bad, WC und elektrisches Licht in allen Räumen, was in der ersten Hälfte des 20. Jahrhunderts noch nicht überall selbstverständlich war. Sie verfügten in der Wohnung, aus heutiger Sicht, über allerlei Raritäten.
Wahrscheinlich ist bei der Auflösung[10] des Haushaltes alles in den Müll gewandert, wie manche andere Rarität in dieser Zeit, die heute ihre Liebhaber finden würde. Auch über den Verbleib einer mehrstöckigen Weihnachtspyramide ist nichts bekannt. Sie schmückte einst in der Weihnachtszeit an Stelle eines Weihnachtsbaumes die Stube.“[11]

Das war ein kleiner Exkurs zur Familie Voigtländer und Beyer. Über die thüringischen Verwandten von Paul Herold ist leider nichts bekannt. Dass doch nicht alles weggeschmissen wurde, verdanke ich der Familie meiner Großmutter und vor allem meinem Großvater Paul Hüfner, der soweit mir bekannt, alles Schriftliche und Fotos in Form von Fotoplatten aufgehoben hat. Daher sind auch die Aufnahmen vom Riesen bis heute erhalten geblieben.

---

9 Hüfner, Hans (1995): Zeitgeschichte aus der Froschperspektive, Teil I, S. 20

10 Anm.: Die Auflösung erfolgte im Jahr 1955 nachdem Robert Beyer gestorben war.

11 Hüfner, Hans (1995): Zeitgeschichte aus der Froschperspektive, Teil I, S. 31 f.

Groitzsch bei Leipzig: Marktplatz mit Rathaus in den 1980er Jahren
unten: Groitzsch um 1910 Bahnhofstraße mit zahlreichen Geschäften

***

JUNGGESELLE auf REISEN

Laufbahn als „Riese“

Ob er seine Lehre als Zimmermann nun abgeschlossen hatte, darüber gibt es derzeit keine näheren Informationen. Aber dass er schon mit 18 Jahren aktiv wurde, um sich im Schaustellergeschäft zu verdingen, ist offensichtlich. Seine außergewöhnliche Größe ließ wahrscheinlich die Ausübung herkömmlicher Berufe nicht zu. Als überaus großer Mensch entschied er, sich als „Unterhaltungsobjekt“ dem schaulustigen Publikum zu widmen. Auf Jahrmärkten, Volksfesten, in Gasthofsälen und dergleichen fanden sich ausreichend Möglichkeiten, sich zu präsentieren, jedoch musste man einen Schausteller finden, der die entsprechende Bühne für eine „Menschenschau“ bot. Menschen, die nicht der Norm entsprachen – also kleinwüchsige oder eben Riesen – besaßen große Anziehungskraft auf die sogenannten normalen Menschen.

Es sollte sein Broterwerb für mehrere Jahrzehnte werden, meist hatten diese Menschen gar keine andere Wahl. Außerdem gehörte eine ordentliche Portion Selbstbewusstsein zur Ausübung des Berufes „Riese“, denn sich berufsmäßig „begaffen“ zu lassen, war schließlich nicht jedermanns Sache. Es gab noch einige andere große Menschen, die ebenso ihre Karriere als „Riese“ starteten. Sehr alt sind die meisten nicht geworden, denn die Übergröße ist keine Laune der Natur, sondern meist krankheitsbedingt hervor gerufen worden. Paul Herold jedoch meisterte sein Leben sehr gut, er ist relativ alt geworden, tourte noch als älterer Riese durch die Lande. Die folgenden Kapitel beschreiben ausführlich sein interessantes Leben.

Sein Start in den „Beruf“ erfolgte am 8. Mai 1893, denn an diesem Tag stellte sich Paul Herold beim Impresario Paul Schütze in Altenburg – damals noch Sachsen – vor.[12] Impresario heißt soviel wie Agent für Schauspieler, Musiker oder Artisten. Diese Bezeichnung ist heute nicht mehr üblich. Auch einen künstlerischen Leiter beim Theater nannte man so. Vermutlich fand Paul Herold über dessen Vermittlung sein erstes Engagement.

Paul Herold etwa 1895 in Stettin

12 Zeitschrift „Programm“ vom 31.10.1936, Stiftung Stadtmuseum Berlin

Kurze Zeit später soll er auf Tournee in viele Teile der Welt gegangen sein, aber darüber gibt es bislang noch keine Belege. Im Alter von etwa 20 Jahren weilte Paul Herold in Stettin.

Riese Paul Herold aus Leipzig (Sachsen
21 Jahre alt, 2 m 20 cm gross.

In dieser Stadt wurde ein Foto von ihm angefertigt, und zwar im Atelier *Bock* auf der Bismarckstraße 19 B. Wahrscheinlich arbeitete er zu jener Zeit schon als professioneller „Riese“, warum sonst reiste er nach Stettin? Die Frage wird natürlich nie voll und ganz beantwortet werden. Aber die Fotos und verschiedene andere Quellen geben Auskunft über sein unstetes Leben.

Das Foto auf der vorherigen Seite ist eins der frühesten Aufnahmen – also ebenfalls aus dem Jahr 1895. Auf der Postkarte ist die Größe von 2,20 m vermerkt, welches auch am ehesten stimmt. Bei späteren Postkarten wird arg übertrieben, manchmal bis zu einer Größe von 2,43 m. Wahrscheinlich zählte man die Schuhabsätze und die Huthöhe mit dazu. Später, in Amerika, stand in den Dokumenten 7 foot und 1 inches – das heißt soviel wie 7 Fuß und 1 Zoll = 2,16 m. Ich denke, dass diese Größe am ehesten stimmte.

***

Kleinmesse in Leipzig

Die Leipziger Messe fand bereits im Mittelalter statt. Sie war und ist ein gern besuchter Ort für Händler aus aller Welt, aber auch für Leute, die Vergnügen und Abwechslung suchten. Anfangs nannte man den Ort des Handels und Warenaustauschs „Jahrmarkt“, erst später kam der Begriff Messe auf.[13] Paul Herold trat, soweit ich feststellen konnte, niemals in seiner Heimatstadt auf. Neben der bekannten Leipziger Messe entwickelte sich in der Innenstadt eine Vergnügungsstätte als Zeitvertreib nach Handel und Geschäftsabschlüssen – die sogenannte Kleinmesse. Sie fand parallel zur großen Messe statt – zunächst in der Innenstadt. Handel und Vergnügen lagen also dicht beieinander. Es waren Schausteller verschiedenster Art vorhanden, die ihre Künste darboten.

Auch hier auf der Kleinmesse trat der Riese nicht auf, obwohl es „die Gelegenheit“ gewesen wäre sich zu präsentieren. Er wird seine Gründe gehabt haben. Leipzig ist zwar keine kleine Stadt, aber doch so begrenzt, dass der Riese mit Sicherheit aufgefallen wäre und mir scheint es, als wollte er hier in seiner Heimatstadt nicht in Erscheinung treten. Irgendwann im Jahr 1907 beschlossen die Stadtverordneten von Leipzig, die Kleinmesse vor die Tore der Stadt zu verlagern, denn das bunte und schrille Treiben störte zunehmend in der Innenstadt. Das moderne Leipzig mit seinen Passagen und modernen Häuserfronten veränderte sich rasant. Da passte das kleinbürgerliche Vergnügungsviertel – die Kleinmesse – nicht mehr ins Stadtbild.

---

13 Klunkert, Gabriele (2009): Schaustellungen und Volksbelustigungen auf Leipziger Messen des 19. Jahrhunderts. Eine wirtschafts- und sozialgeschichtliche Untersuchung, S. 21

Das soll an dieser Stelle nur ein kurzer geschichtlicher Einblick sein, wobei eine Episode aus der Familie zum Thema Kleinmesse erzählenswert ist.
Mein Großvater Paul Hüfner, geboren 1895 in der Kleinstadt Groitzsch, erzählte meinem Vater im Jahr 1985 folgende Geschichte:

Im Jahr 1906 legte der Junge von 11 Jahren mit seinem Freund Ernst Prendel die Strecke von Groitzsch nach Leipzig zu Fuß zurück, um die Kleinmesse zu besuchen. Das waren gut zwanzig Kilometer. Die Kleinmesse war damals noch auf den Plätzen der Innenstadt. Zurück liefen die beiden Jungen bis Plagwitz, weil das 5 Pfennig weniger kostete als vom Bayerischen Bahnhof. Das wäre heute für die Kinder überhaupt keine Option, zum Rummelplatz eine riesige Wanderung zu absolvieren. Abgesehen von den monetären Ersparnissen hielt sich der Straßenverkehr in Grenzen. Vielleicht begegnete ihnen ab und zu ein Pferdefuhrwerk. So ändern sich die Zeiten.

***

Der Riese arbeitet als Kellner

Ab dem Jahr 1896 erschienen in den verschiedensten Tageszeitungen Inserate und Zeitungsartikel über die Aktivitäten des Riesen. Man kann davon ausgehen, dass ab genanntem Jahr die professionellen Auftritte zahlreicher wurden und die Zeitung ein geeignetes Medium darstellte, um Werbung zu machen. Anfang Januar des Jahres 1896 befand sich Paul Herold in Witten, einer Stadt – gelegen zwischen Bochum und Dortmund. Vermutlich schrieb Paul Herold Bewerbungen an gehobene Gasthäuser und später auch Varietés, ließ Postkarten von sich anfertigen, denn manchmal sandte er auch ein Foto mit.
In einer Tageszeitung kündigte man am 11. Januar 1896 sein Kommen mit folgendem Text an:

„Im Lokale des Wirts August Viebahn
tritt augenblicklich der größte Kellner der Welt
„Paul Herold aus Sachsen“ auf.
1000 Mark werden demjenigen zugesichert,
der dem Riesen an Größe gleich kommt.
Restaurant zum Komet am Markt“[14]

Die Arbeit als außergewöhnlicher Kellner wird eher als Vorwand gedient haben, um zahlreiche Gäste ins Lokal zu locken. Unzählige Gastwirte in dieser Zeit waren findige Köpfe, damit ihr Restaurant etwas Besonderes anzubieten hatte. Jedoch trat Paul Herold nicht immer allein auf, sondern zu ihm gesellte sich ein zweiter Riese – Franz Leony. Er stammte aus Österreich und war zwei Jahre älter als Paul Herold. Die Altersanga-

---

14 Märkisches Tageblatt: Generalanzeiger für Witten und Umgegend, Samstag, 11. Januar 1896, Nr. 9, S. 2 + 4;
DG: Westfälische Wilhelms-Universität Münster UuL

ben darf man aber nicht immer so ganz genau nehmen. Da wurde mitunter geschummelt. Doch sie taten sich zusammen und wurden manchmal für Brüder gehalten.
Bereits einen Monat später, am 13. Februar 1896 stand in der Mülheimer Zeitung:

„*Hotel-Restaurant 'Germania' A. Caspary*
Neu! Neu! Ohne Konkurrenz!
Freitag den 14., Samstag den 15. und Sonntag den 16. Februar servieren in meinem Lokal die beiden größten Kellner der Welt. Paul Herold aus Sachsen, 20 Jahre alt, 2 Meter 20 Zentimeter groß – Fr.[anz] *Leony aus Oesterreich, 22 Jahre alt, 2 Meter 17 Zentimeter groß. 1000 Mk demjenigen, der den beiden Riesen an Größe in diesem jugendlichen Alter gleichkommt.*
Zu recht zahlreichen Besuch ladet ergebenst ein“[15]

Der Wirt verstand es zu pokern, denn die Wahrscheinlichkeit noch solch einen großen Menschen ausfindig zu machen, war recht gering. Daher konnte er großzügig 1000 Mark als Belohnung anbieten. Werbegags wusste er gut einzusetzen.

Mit seinem Kompagnon wird Paul Herold noch viele weitere Jahre zusammen auftreten. Weitere Stationen sind Elberfeld und Crefeld in Nordrhein-Westfalen, worauf im folgenden Kapitel näher eingegangen wird.

***

15 Mülheimer Zeitung: Donnerstag, 13. Februar 1896, Nr. 37, 24. Jg., S. 3 DG: UuL der Rheinischen Friedrich-Wilhelm-Universität Bonn

Zwei Riesen 1896

Ab Ende des 19. Jahrhunderts zog er mit einem zweiten Riesen durch die Lande und schickte Grüße aus ganz Deutschland an seine weit verzweigte Verwandtschaft.

Auf der Kartenrückseite (Fotografie nächste Seite) steht von Hand geschrieben:

„Andenken an Herold – Leony – Riesen.
Crefeld, 24./IV. 1896“

Auf der Aufnahme steht links im Bild der Riese Paul Herold und daneben sein fast gleich hoher Kollege Franz Leony. Die Fotografie wurde in Elberfeld in Nordrhein-Westfalen angefertigt. Diese Fotokarte befindet sich in meinem Besitz, an wen sie ursprünglich geschickt wurde, weiß heute niemand mehr. Das ist auch nicht wesentlich. Ob sich Paul Herold noch längere Zeit in Westfalen aufgehalten hat, ist nicht klar. Er hatte weiterhin seinen Wohnsitz in Leipzig bei seinen Eltern, jedoch wird er sich selten dort aufgehalten haben.

Neben Paul Herold und Kollege Leony gab es natürlich noch weitere Riesen. In Frankreich war der Riese Hugo bekannt, der ebenfalls mit kleinwüchsigen Menschen auftrat. Von seiner Person findet man noch reichlich Postkarten im Internet. Aus Ulm stammte der Riese J. Moko, geboren 1874, der angeblich 2,31 m groß war. Dann gab es noch einen Riesen Goliath, der eigentlich Paul Langloff hieß.
Oft pries man den großen Mann auf den Postkarten als „größten lebendigen Menschen der Welt“ an. Nachprüfen konnte das natürlich niemand.

Paul Herold und Franz Leony

Erst im Mai des Jahres 1898 bin ich wieder auf ein Inserat eines Gastwirtes in Bielefeld vom Auftritt des Riesen aufmerksam geworden. Das Jahr 1897 wird er bestimmt künstlerisch unterwegs gewesen sein, aber nicht alles an Veranstaltungen ist schriftlich belegt. Der Wirt des „Restaurant zur Neustadt" lädt über Pfingsten zu einem Zither- und Mandolinenkonzert ein:

„Restaurant zur Neustadt
Breitestraße 29 Bielefeld
Sonnabend Abend: Zither- und Mandolinenkoncert.
An beiden Pfingstfeiertagen:
Der größte und jüngste Riese PAUL HEROLD ist auf einige
Tage in meinem Lokal anwesend.
Hierzu ladet freundlichst ein. H. Schooss"[16]

***

16 Der Wächter Bielefelder Zeitung, Sonnabend, 28. Mai 1898, Nr. 123, 35. Jg.; DG: Westfälische Wilhelms-Universität Münster

Hamburg – Berlin – Dresden von 1898 bis 1905

Ab dem 1. September 1898 trat der Riese in Naucke´s Varieté in Hamburg St. Pauli in Erscheinung.
Ein Inserat des Veranstalters lautete:

„Naucke´s Varieté
Für das Familien-Publicum!
Mittwoch: Letztes Auftreten des vorzüglichen
August-Ensembles
Donnerstag, den 1. September:
Eröffnung der Winter-Saison.
Nur neueste Nachrichten
Allabendlich 9 Uhr ca.:
Der Riese Herold, der Zwerg Hansen und Colossalmensch
E. Naucke in d. Burlesk-Ensemble[17] „Lustige Blätter“
Schauderhaft muss gelacht werden!“[18]

Doch bevor es mit den Vorstellungen losging, mussten etliche Vorbereitungen für den Riesen getroffen werden, denn der Riese wohnte einige Monate in Hamburg.

„Emil Naucke´s Varieté. Das September-Programm des Colossalmenschen Naucke verspricht ein Riesenprogramm zu werden, da vom 1. September ab der Riese Paul Herold, der größte Mann der Welt, in mehreren Burleske-Ensembles, im Verein mit Emil Naucke und Peter Hansen mitwirken wird. Daß dies Kleeblatt, der mehr als 400 £ schwere Naucke, der 2,25 m hohe Riese und der dreikäsehohe Hansen zu vielen komischen Verwicklungen Anlaß geben, ist vorauszusehen. Nicht voraus-

17 Anm.: Burlesk bedeutet soviel wie derb-komische Aufführung

18 Hamburger Fremdenblatt, Mittwoch, 31.8.1898, Nr. 203, 70. Jg., S. 12; DG: SuUB Hamburg Carl von Ossietzky

zusehen waren aber die Verwicklungen, welche das Eintreffen des Riesen verursachten. Dieser hat nämlich im Hause von Naucke's Varieté Wohnung genommen und es mußten drei Tage lang die Handwerker arbeiten, um durch Durchbrechung verschiedener Wände, Anfertigung einer Riesenbettstelle u. die Wohnung für Herrn Herold herzurichten."[19]

Hamburg: Das ist das Haus, wo der Riese arbeitete und wohnte

Es ist interessant, außer den Werbeanzeigen in einem Zeitungsartikel auch persönliche Dinge über Paul Herold zu erfahren. Denn woher wüsste man sonst, welche Unterkunft er bezogen hatte oder wie sich die Bedingungen vor Ort gestalteten.
Ab September 1898 konnte man fast täglich Inserate von Naucke's Varieté in den Zeitungen lesen:

19 Hamburger Fremdenblatt, Sonntag, 28.8.1898, Nr. 201, 79. Jg., S. 5; DG: UuSB Hamburg Carl von Ossietzky

„Collosaler Lacherfolg beim Auftreten des Kontrast-Trios“[20] – mit diesen Worten lockte man die Menschen allabendlich ins Varieté. So weit aus den Zeitungsinseraten ersichtlich, erfolgten die Vorstellungen im Varieté Naucke bis Ende Januar 1899.

Was unter „Colossalmensch“ zu verstehen ist, steht im Zeitungsartikel vom 28. August 1898. Derartige Begriffe wie Colossalmensch hören sich heute befremdlich an, aber zur damaligen Zeit waren diese übertriebenen Bezeichnungen durchaus üblich – wobei auch heutzutage übergewichtige Menschen nicht gerade selten zu sehen sind, man nennt die Krankheit Adipositas und damit wird man in einem Varieté kaum berühmt werden. Auch in der Vorweihnachtszeit führte das Varieté verschiedene Veranstaltungen durch – unter anderem einen Weihnachtsbasar. Unter solch einem Basar stellt man sich heute etwas anderes vor. Man erwartet selbst gebasteltes, Weihnachtslieder, Kaffee und Stollen und vielleicht eine kleine Aufführung. Damals nahm man jedes Fest zum Anlass, den zahlreichen und unterschiedlichsten Künstlern einen Auftritt zu verschaffen – wie im folgenden Ausschnitt berichtet wird.

„Tütge's Etablissement auf dem Valentinskamp, in dessen Räumen unter der Direction des Herrn Emil Naucke ein großer Weihnachtsbazar veranstaltet worden ist, in dem etwa 100 Artisten aller Nationen allabendlich Domvorstellungen geben, bot gestern Abend ein recht bewegtes Bild. Im unteren Saal wurden Specialitäten Vorstellungen gegeben. Im oberen Concertsaal waren Damen-Specialitäten vertreten. Der Spielplan zeigte gestern nicht weniger als 31 Nummern. Nach der Devise: „Wer vieles bringt, wird jedem etwas bieten“ war hier ein

20 Ebd. Samstag, 3.9.1898, Nr. 206, 70. Jg., S. 12

reichhaltiges und abwechslungsreiches Programm aufgestellt. Musik-Pièçen wechselten ab mit Vorführungen von Lieder- und Walzer-Sängerinnen, Drahtseilkünstlern, Gesangs-Duettisten, Zauber-Parodisten, Universalkomikern, Hochturnkünstlern, Schnellzeichnern, excentrischen Radfahrkünstlern, Kopf- und Handequilibristen, Vorführungen einer Handschattenkünstlerin usw. usw. Herr Emil Naucke, der als „Kolossalmensch" zusammen mit dem Riesen Paul Herold und dem Zwerge Peter Hansen aufzutreten pflegt und durch seine zwerchfellerschütternden Vorführungen als „Pauline von's Ballett" das Publikum zu stürmischem Beifall hinreißt, ist gestern am Eröffnungstage nicht zum Auftreten gekommen. Dem Publikum wurde aber auch ohne dies genug geboten."[21]

Etwas vorgegriffen: Im Januar des nächsten Jahres erschien ein kleiner Text im Hamburger Fremdenblatt. Ob nun Paul Herold sich zwischenzeitlich in Leipzig aufhielt, könnte vermutet werden. Aber da er eine Wohnung bezogen hat, wird er die meiste Zeit in Hamburg verbracht haben. Nach seiner Heirat änderte sich sein Leben, aber darüber wird in einem anderen Kapitel erzählt.

Bild von links:
„Colossalmensch Emil Naucke, Riese Paul Herold und Zwerg Peter Hansen"[22]

21 Hamburgischer Correspondent: Morgenzeitung d. Börsen-Halle, Montag, 5.12.1898, Nr. 568, 168. Jg., S. 4; DG: SuUB Hamburg

22 Hamburger Fremdenblatt, Donnerstag, 20.10.1898, Nr. 246, 70. Jg., S. 12; DG: ebd.

„Emil Naucke's Varieté. Das Wort „Ausverkauft" scheint hier in Permanenz erklärt zu sein. Des Räthsels Lösung finden wir bald. Hat man einer Vorstellung beigewohnt und den Colossalmenschen Naucke, den Riesen Herold in Verein mit dem Zwergkomiker Klein Peter Hansen ihre Bühnenscherze zum Besten geben sehen, so begreift man den starken Andrang des Publicums. Ein griesgrämiger Hypochonder dürfte sich hier in aller Kürze Besserung holen."[23]

Am 28. Dezember 1898 erschien das letzte Zeitungsinserat im Hamburger Fremdenblatt. Das Jahr schien für den Riesen erfolgreich zu Ende gegangen zu sein und das neue Jahr 1899 startete ebenso bei Naucke's Varieté.

Noch ein paar Schlagzeilen vom Januar 1899:

„Naucke, der Riese Paul Herold und Peter Hansen der Kleine.
Nichts als lachen.
Nur frühes Kommen sichert Platz!"[24]

Der Hamburger Vertrag mit dem Veranstalter Emil Naucke ist wahrscheinlich ab Februar 1899 beendet gewesen, denn es finden sich in den gängigen Tageszeitungen keine weiteren Veranstaltungshinweise. Ab Juli 1899 befand sich der Riese in Berlin im berühmten Passage Panopticum, worüber das folgende Kapitel berichtet.

***

23 Hamburger Fremdenblatt, Sonntag, 22.1.1899, Nr. 19, 71. Jg., S. 6; DG: SuUB Hamburg Carl von Ossietzky

24 Ebd. Sonntag, 15.1.1899, Nr. 13, 71. Jg., S. 6; DG: ebd.

Berlin – Passage Panopticum

Berlin um die Jahrhundertwende bzw. kurz davor war eine pulsierende Großstadt mit unzähligen Vergnügungsmöglichkeiten. Vor allem in Berlin-Mitte rund um die Friedrichstraße tobte das Leben. Zahlreiche S- und U-Bahnen, Omnibusse und die ersten Automobile belebten die Großstadt. In einer dieser Vergnügungsstätten auf der Friedrichstraße Ecke Behrensstraße trat der Riese auf. Es ist das große Eckhaus aus der Gründerzeit[25], in dem sich innen eine großzügige und prunkvolle Passage mit zahlreichen Läden, Sälen und einem Theater befand.

Zeitgenössische Ansichtskarte Berlin-Mitte: links „Castans Panopticum" - gegenüber das Eckhaus „Passage Panopticum", wo der Riese auftrat

---

25 Anm.: Literatur: Johann Friedrich Geist: Die Kaisergalerie. Biographie der Berliner Passage, Prestel-Verlag München New York 1997

Das Haus eröffnete man im März 1873 als Kaisergalerie – ein Komplex der sich von der Straße „Unter den Linden“ bis zur Ecke Friedrichstraße/Behrensstraße ausdehnte. Vor der offiziellen Eröffnung stattete das Kaiserpaar und unzählige prominente aus Adel und Politik dem imposanten Gebäudekomplex einen Besuch ab. Dazu ein zeitgenössischer Zeitungsartikel:

„Am Dienstag Abend beehrten der Kaiser und die Kaiserin die Festräume der Passage, für welche mittlerweile der Kaiser den Namen „Kaisergalerie“ bewilligt hat, mit ihrem Besuch: Mehrere Mitglieder des Verwaltungsraths des Bauvereins Passage hatten den Hof gebeten, die Räume vor deren Uebergabe an das Publikum zu besichtigen und hatten, da dies bewilligt worden, eine Soirée veranstaltet, zu welcher etwa 250 Personen geladen waren. [...] *Die Bils`sche Capelle trug mehrere Musikstücke vor, in den Pausen herrschte lebendige Unterhaltung. Der Kaiser augenscheinlich in sehr heiterer Stimmung sprach mit vielen Anwesenden, am längsten mit dem Französischen und dem Russischen Botschafter.* [...] *Demnächst wanderte man nach dem Rebensaale, in welchem ein überaus opulentes Büffet aufgeschlagen war. Sowohl die schöne Decoration der Tische als die Ausstattung derselben mit den erlesensten Leckerbissen fand die allgemeinste Anerkennung. Alles war vortrefflich arrangiert. Nachdem den Schüsseln und Flaschen tüchtig zugesprochen war, begab sich die Gesellschaft wieder in den Redouten-Saal, in welchem nun der Tanz begann. Der Kaiser blieb bis gegen 1 Uhr, und erst um 2 Uhr schloß das schöne Fest.“*[26]

---

26 Berliner Börsenzeitung, Freitag 21. März 1873, Nr. 135, S. 9; DG: Staatsbibliothek zu Berlin Preußischer Kulturbesitz

Das Deutsche Reich, als Kaiserreich 1871 gegründet, übertraf sich mit seinen architektonischen Bauten. Besonders der glasüberdachte 14 Meter hohe Innenraum der Kaisergalerie, der sich zur Mitte hin zu einem achteckigen Saal weitete, bot ein besonderes Flair.

Berlin Juni 2024: Friedrichstraße 165 Ecke Behrensstraße – ehemals Castans Panoptikum mit Pschorrbräu

Die Passage Panopticum – ein riesiger Ausstellungsbereich – eröffnete man am 9. Dezember 1888. Von der Eröffnung des Panopticum im Dezember 1888 auszugsweise ein Zeitungsbericht:

„Castans ist seit einigen Tagen eröffnet und heute öffnen sich auch die Pforten des Passage-Panopticums den Neugierigen.

...Und nun wird jeder Leser vor allem wissen wollen, welches Panopticum das bessere, schönere, reichere sei... Wird bei Castans mehr Gewicht auf das Plastische gelegt, so tritt uns im Passage-Panopticum auf Schritt und Tritt das Bestreben entgegen, durch die Kunst des Malens Aug' und Herz zu erfreuen...."[27]

Es ist schon erstaunlich, dass zwei ähnlich gelagerte Gebäude mit Ausstellungssälen für Wachsfiguren und Kuriositätensammlungen direkt gegenüber stehen und es angeblich keine Konkurrenz gäbe.
Das Panopticum der Gebrüder Castans bestand schon etliche Jahre eher, aber an anderen Standorten, und nun wurden praktisch zwei Panoptiken innerhalb weniger Tage eröffnet.[28] Das Gebäude gegenüber der Passage gehörte der Hacker-Pschorr Brauerei und die Werbeschrift „Castans Panopticum" war am Haus angebracht. Da es von der Passage keine Innenaufnahme gibt, ergänze ich an dieser Stelle ein Foto der mindestens genauso prunkvollen Innenausgestaltung von Pschorr-Bräu. (Foto auf S. 48) Dem Leser werden unzählige Themensäle im Passage Panopticum vorgestellt wie dem Theatersaal, altrömischen Saal, Gartensaal oder dem japanischen Saal. Es muss sehr beeindruckend gewesen sein und in einem dieser Säle hatte der Riese mit seinem Kompagnon seinen Auftritt. Und dieser Mitstreiter war kein anderer als der Riese Franz Leony, mit dem er schon vor wenigen Jahren im Ruhrgebiet aufgetreten war. Der Name Leony wurde zu Leons verändert.

---

27 Berliner Börsenblatt, Sonntag, 9.12.1888, Nr. 580, S. 7;
DG: Staatsbibliothek zu Berlin Preußischer Kulturbesitz

28 Anm.: Panopticum – das steckt das griechische Wort „optikos" drin = Optik – was soviel wie sehen bedeutet. Es war nicht nur ein Wachsfigurenkabinett sondern auch eine Sammlung von Kuriositäten und Schausälen.

Eine alte Ansicht von 1899 – Berlin Friedrichstraße 165 Ecke Behrensstraße: Rechtes Gebäude Passage Panoptikum, Mitte: das Eckhaus Castans Panoptikum[29]

Am Donnerstag, den 6. Juli 1899 berichtete eine Berliner Tageszeitung über den Auftritt der Riesen Paul Herold und Franz Leons.

„Die Riesenbrüder Herold und Leons haben pünktlich am 1. Juli ihre mit Spannung erwarteten Vorstellungen im Passage-Panoptikum begonnen und, wie nicht anders zu erwarten war, einen „Riesenerfolg" davongetragen. Das Passage-Panoptikum, dessen Varietéprogramm auch sonst viele neuen und vor-

---

29 Anm.: Dieses große Eckhaus hat den Krieg heil überstanden, allerdings ist die alte Pracht dahin. Siehe Bild S. 45 – Ein Panoptikum gibt es schon lange nicht mehr in diesen Räumen. Im Gegensatz wurde das Gebäude Passage-Panoptikum mit Kaisergalerie im Krieg zerstört und an dieser Stelle befindet sich seit den 1980er Jahren ein großes Hotel, welches an das einstige Gebäude erinnert.

trefflichen Nummern enthält, hat denn auch allabendlich ein sehr zahlreiches und animiertes Publikum in seinen Räumen aufzuweisen."[30]

Der Riese bemühte sich offenbar selbst um ein neues Engagement, denn von einem künstlerischen Manager war in den bisherigen Zeitungstexten nie die Rede. Ich vermute, dass er sein „Außergewöhnlich sein" selbst vermarktete. An Publikum wird es nicht gemangelt haben, denn im Laufe des Monats Juli 1899 sind die beiden Riesen fast täglich vor Ort.

Alt-Berlin 1902: Gruß aus dem Pschorrbräu – Friedrichstraße 165 Ecke Behrensstraße

Die Abendöffnungszeiten waren anscheinend kein Problem, denn im neu eröffneten Haus – auch Kaisergalerie genannt –

30 Berliner Tageblatt- und Handels-Zeitung, Donnerstag 6. Juli 1899, Nr. 338, XXVIII. Jg., S. 11; DG: Staatsbibliothek zu Berlin Preußischer Kulturbesitz

strömten die neugierigen Massen hinein. Ab dem frühen Abend gab es dann die Vorstellung mit den beiden Riesen, wie auch immer sich diese Burlesk-Szene gestaltete. Das Programm schien über mehr als 3 Wochen nicht zu wechseln, verschiedene Zeitungen berichteten mittels ihrer Inserate davon.

Dresden liegt nicht sehr weit von Berlin entfernt und an einem Tag im Juli machten die beiden Riesen einen Abstecher dahin und traten auf der bekannten Dresdner Vogelwiese auf. Der Wirt vom ebenso bekannten und beliebten Stadtlokal Eldorado inserierte in einer Dresdner Tageszeitung. Davon berichtet das nächste Kapitel.

Dresden: „Canalettoblick" – Blick auf die Altstadt

***

Dresden Juli 1899 – Vogelwiese

Das stadtbekannte Lokal „Eldorado“[31] in der Pirnaischen Vorstadt in Dresden war auf der Vogelwiese auf den Elbwiesen mit einem großen Bierzelt präsent. Die Vogelwiese in Dresden ist bereits seit dem Mittelalter ein beliebtes Volksfest. Im Laufe der Jahrhunderte wandelte sich der Charakter der Volksbelustigung. Um die Jahrhundertwende existierten schon reichlich Fahrgeschäfte, Achterbahn und andere Attraktionen. Im Dresdner Journal warb der Gaststättenwirt Gustav Fritzsche für sein Programm wie folgt:

„Vogelwiese! Vogelwiese!
Münchner Löwenbräukeller (früher Deutscher Herold)
Größtes Schankzelt der Vogelwiese,
Echtes Münchner Löwenbräu, dazu Münchner Special-Speisen.
Münchner Delicates-Saftwürstchen-Dampffabrik.
Täglich Mostre-Konzert von zwei Militärkapellen.
Springen des Nymphen- und Wunderbrunnens.
Stündlich Auftreten der ***beiden Riesen Herold und Leon****,*
außerdem der schönen tätowierten Miss Alwanda und des
Wunderkindes Mariette.“[32]

Auch die nächsten Tage brachte für das Publikum abwechslungsreiche Unterhaltung. In den Dresdner Nachrichten wird davon berichtet:

---

31 Anm.: Das Lokal befand sich in der Steinstraße. Bei der Zerstörung Dresdens im Februar 1945 fiel der ganze Stadtteil in Schutt und Asche. Vom alten Häuserbestand ist so gut wie nichts mehr erhalten.

32 Dresdner Journal Königlich Sächsischer Staatsanzeiger, Samstag, 29. Juli 1899, Nr. 174; DG: SLUB

„..Unter anderem kredenzte der Wirth vom Löwenbräukeller Herr Gustav Fritzsche vom „Eldorado“, seinen Freunden und Bekannten eine Probe seines vorzüglichen Löwenbräus. In dem großen [...] in geschmackvoller Weise mit Fahnen und Draperien, 20 deutschen Städtewappen, Reichs- und Landeswappen, sowie den Wappen der Mitglieder unseres Königshauses geschmückten Zelte findet täglich großes Concert von der Kapelle des 12. Infanterie-Regimentes Nr. 177 statt. Als besondere Sehenswürdigkeiten werden hier gezeigt das Albinomädchen Mariette, die tätowierte Schönheit Miß Alexandra, und die beiden Riesen Herold und Leon, welche die respektable Größe von 2,20 Metern haben und auf der Bühne eine Original-Burleske vorführen...“[33]

Zeitgenössische Postkarte (Lithografie) mit Stempel „Dresden Altstadt 31.7.99“

33 Dresdner Nachrichten, Sonntag, 30. Juli 1899, Nr. 209, 44. Jg., S. 3; DG: SLUB

Ein Mensch schickte am 31. Juli 1899 an seinen Freund in Dresden diesen Gruß von der Vogelwiese. Das ist insofern interessant, weil der Absender mit Sicherheit auch die beiden Riesen gesehen hatte. Wie auf der Ansicht oben rechts zu erkennen ist, trat auch eine „Riesendame“ auf.

Wer von den Lesern die beiden Zeitungszitate sorgfältig gelesen hat, dem wird aufgefallen sein, dass die tätowierte Schönheit einmal Alwanda und am nächsten Tag Alexandra hieß. Sehr wahrscheinlich wird es dieselbe Person gewesen sein. Die Zeitungsberichterstatter werden sich bei den Schaustellern und Gastwirten kundig gemacht haben und schnell das Gehörte mit Bleistift auf dem Papier festgehalten haben. Da konnten sich schon mal Fehler einschleichen. Das ist ja auch nicht wesentlich. So weit bekannt, fand die Vogelwiese eine Woche statt und täglich traten die beiden Riesen mit ihrem Programm auf.

***

Noch einmal in Hamburg

Im Dezember 1900 befand sich Paul Herold noch einmal in Hamburg, wo er im „Elbpavillon“ von Eugen Bernhardt bei abendlichen Vorstellungen sich präsentierte.

„ELBPAVILLON
Anfang 4 Uhr
2,20 m – Riesen – 2,20 m
Trio „Herold-Leons“ und die kleine Riesenbraut zieht, urkomisch „der Riesentanz“
Bitte Inserat ausschneiden!“[34]

Hamburg 1900: Gruß aus dem Elbpavillon

34 Hamburger Fremdenblatt, Donnerstag 6. Dezember 1900, Nr. 285, 72. Jg., S. 12; DG: SuUB Hamburg Carl von Ossietzky

Mit einer Unterbrechung von fast fünf Jahren erschien noch einmal eine Anzeige im Hamburger Echo, die den Riesen Paul Herold ankündigte.
Wo er sich in den Jahren dazwischen aufhielt, wo er auftrat und welche Orte und Länder er bereiste, ist leider noch nicht bekannt.

„Heinrich Köllisch Universum. St. Pauli, Spielbudenplatz 22.
Die Riesensensation bildet Eugenia Wermke
und der
Riese Herold, 2,20 m hoch
sowie das großartige Spezialitäten-Programm.
Ausserdem die Ensemble-Schlager der Saison, unsere 76er und Bedientenstreiche."[35]

Die Adresse „Spielbudenplatz" ist bezeichnend, denn Ende des 19. Jahrhunderts befand sich dort Hamburgs Theater- und Varietémeile. Heinrich Köllisch oder auch Hein genannt war ein bekannter plattdeutscher Humorist und Liedtexter. Allerdings lebte er nur bis 1901. Vielleicht lernte unser Riese den Kabarettisten schon bei seinem ersten Hamburger Aufenthalt kennen. Im Jahr 1894 eröffnete der Künstler Heinrich Köllisch sein eigenes Theater – das bekannte Heinrich Köllisch Universum.[36] Und in diesem berühmten Theater trat der Riese auf.

***

35 Hamburger Echo, Sonntag 17.9.1905, Nr. 218, 19. Jg., S. 4; DG: SuUB Carl von Ossietzky Hamburg
36 Internet: wikipedia.org/wiki/Hein_Köllisch

Allgemeines über den Riesenwuchs

Riesen tauchten in Mythen, Sagen, Märchen und Erzählungen auf. Schon in der Antike weiß man von großwüchsigen Menschen. Ihnen wurden magische Kräfte zugeschrieben. Auf alle Fälle erregte ihre Größe stets die Aufmerksamkeit der Leute. Nicht wenige verdienten mit dieser Besonderheit der Natur ihren Lebensunterhalt. Es gibt sogar eine Liste mit Personen ab 2,40 Meter Körpergröße und eine zweite Liste mit Personen mit angezweifelter Größe.

Viele Riesen vergrößerten ihren Körperwuchs, indem sie hohe Schuhe anzogen, große Hüte aufsetzten oder sonst welche Tricks verwendeten, um noch größer zu erscheinen. Die Popularität auf Volksfesten war ihnen sicher. Jeder, der sich dort vergnügte, wollte diese ungewöhnlichen Menschen sehen. Es heißt: Die überdurchschnittliche Größe kann genetisch bedingt sein. An dieser Stelle kann natürlich nicht ausführlich auf diese Besonderheiten eingegangen werden, aber soviel ist gewiss: Diese Menschen stellten eine Ausnahme dar, genau wie die kleinwüchsigen Menschen.

Paul Herold hat es verstanden, das Beste aus seinem „Riesendasein“ zu machen. Aber sicherlich war das nicht immer ganz einfach. Von den negativen Seiten erfährt der Leser oder Besucher einer Schau meist nichts. Eine Hamburger Zeitung schrieb, dass für seine Unterkunft umfangreiche Umbauten vorgenommen werden mussten. Und in ein gewöhnliches Bett passte der riesengroße Mensch auch nicht. Ganz abgesehen davon hatte ein großer Mensch Probleme, wenn er Räume betrat, denn er musste stets den Kopf einziehen, um nicht mit den Kronleuchtern und sonstigen Hängelampen zu kollidieren. Eine

Tür zu passieren, ohne den Kopf einzuziehen, gehörte schon zur ersten Herausforderung. Die Kommunikation mit anderen Menschen fand vermutlich meist in ungewohnt gebückter Haltung statt, es sei denn sein Gegenüber stellte sich auf einen Stuhl oder Tisch. Ein anderer Riese aus Österreich – Franz Winkelmeier –, der allerdings bereits in jungen Jahren verstarb, litt sehr unter seiner außergewöhnlichen Größe. Er meinte, er könne nur zu Fuß gehen, weil er weder in Pferdekutschen noch sonstigen Verkehrsmitteln Platz finden würde. Selbst ein normaler Spaziergang war ihm nicht möglich, weil er seiner Meinung nach zu viel Aufsehen erregen würde und das wäre geschäftsschädigend.[37]

Beim Riese Paul Herold kamen solche Zeilen nie zum Tragen. Ich schätze, auch er war von diesen Nachteilen nicht verschont. Doch er suchte stets neue Herausforderungen und klagte nie, soweit das auf den Postkarten und Briefen, die er an seine Verwandtschaft sandte, zum Ausdruck kam. Paul Herold verstand es, die positiven Seiten des „Riesendaseins“ hervorzuheben und für sich bestmöglich zu nutzen.

***

37 Manfred u. Tamara Rachbauer (2017): Franz Winkelmeier. Der Riese von Lengau, S. 73

Paul Herold mit Partner Arthur Leithold

Arthur Leithold stammte vermutlich auch aus Leipzig und war mit Wally Leithold verheiratet. Sie war ebenfalls kleinwüchsig. Das Ehepaar Leithold trat gemeinsam in verschiedenen Varieté- und Zirkusprogrammen auf. Arthur trat zeitweilig mit dem Riesen Paul Herold auf. Auf den Postkarten ist vermerkt, dass der „Liliputaner[38] Arthur Leithold“ sein früherer Reisebegleiter war. Schätzungsweise könnte er es bis 1910 gewesen sein, denn danach war Paul Herold verheiratet und trat meistens mit seiner Frau auf.

38 Anm.: Der Begriff Liliputaner wird heute nicht mehr verwendet, da es eine abwertende Bezeichnung eines kleinwüchsigen Menschen ist.

HEIRAT im August 1911

Die Jahre zwischen 1905 bis 1909 schlummern noch im Dunkel der Geschichte. In einer Publikation wurde angedeutet, dass Paul Herold durch viele Teile der Welt tourte. Bislang konnte ich aber keine Hinweise finden, weder Eintragungen in Passagierlisten noch ausländischen Zeitungsanzeigen. Irgendwann wird Paul Herold in Österreich gewesen sein, damals noch als Doppelmonarchie Österreich-Ungarn. Vielleicht führte ihn ein Engagement nach Wien, denn aus dieser schönen Stadt stammte seine Frau. Auch sein Kompagnon der Riese Franz Leony war Österreicher. Wie auch immer sich die Kontakte entwickelten, Paul Herold und Anna Geppel heirateten am 29. August 1911 in Leipzig. Sie hatte eine normale Körpergröße, wirkte aber auf den zahlreichen Fotos im Kontrast zu ihrem Mann sehr klein. Die Fotos dienten natürlich als Werbematerial, so dass die Größenverhältnisse meist noch extremer dargestellt wurden, um den Effekt bestmöglich zu präsentieren.

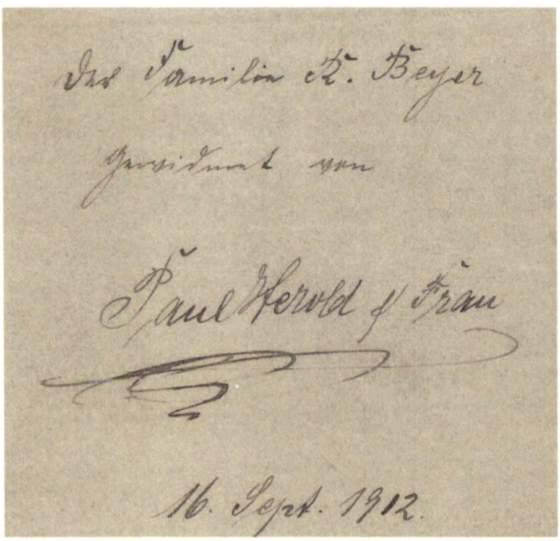

Auf der nächsten Seite ist das Hochzeitsfoto der beiden abgebildet. Auf der Rückseite schrieb er eine Widmung für die Familie Robert Beyer, meinen Urgroßeltern. Es müsste das Jahre 1912 sein, aber die Zahl 1 ist etwas undeutlich geschrieben, so dass darin auch eine Null gesehen werden könnte.

Hochzeitsfoto vom Riesen und seiner Frau

Vielleicht fand eine große Hochzeit statt – wer weiß das heute noch so genau. Die, die eventuell mit feierten, haben längst das Zeitliche gesegnet. Meine Großmutter war 1911 zehn Jahre alt und hätte sich bestimmt an so ein besonderes Ereignis erinnert. Paul Herolds Familie war jedenfalls sehr groß – nicht unbedingt an Körpergröße, sondern an Anzahl der Familienmitglieder. Das Pärchen und Mutter Herold wohnten damals in Leipzig in der Südstraße 27, da müssten sie schon etliche Jahre ansässig gewesen sein, denn sein Vater, der bereits 1903 verstorben war, wohnte auch schon unter dieser Adresse. Annas Eltern hatten leider nicht das Vergnügen, an der Hochzeit ihrer Tochter teilzunehmen, da beide Elternteile, Andreas und Barbara Geppel, bereits verstorben waren.

So weit ich weiß, hatten der Riese und seine Frau keine Kinder. Das ist bei dem unsteten Künstlerleben sicherlich nicht verwunderlich, außerdem war Anna Geppel zum Zeitpunkt der Hochzeit bereits 40 Jahre alt. Allerdings hielt die Ehe nur knapp sechs Jahre, denn am 25. Juli 1917 wurde die Ehe durch das rechtskräftig gewordene Urteil des Königlichen Landgerichts Leipzig geschieden. Eigentlich hätte ich das nicht vermutet, denn der Riese unterschrieb auf seinen Karten, die er in den 1920er Jahren aus Amerika an seine Verwandten schickte immer auch im Namen seiner Frau.
Die österreichische Familie spielte wahrscheinlich im Leben der Anna Herold keine große Rolle mehr, denn soviel bekannt ist, kehrte sie nie mehr in ihre Heimat zurück. Etwas detaillierter möchte ich auf die Familie Geppel eingehen, da zahlreiche historische Dokumente vorhanden sind.

***

Die österreichische Verwandtschaft

Herkunft des Vaters:
Andreas Geppel wurde am 19. November 1825 in Thall in Niederösterreich geboren. Sein Vater war Leonhard Geppel, ein Tagelöhner in Thall und Anna Geppel, geb. des Joseph Glinz, gewesenen Tagelöhners im Stifte allhier und der Anna Maria Glinzin. In einem anderen Dokument wird die Tätigkeit von Leonhard Geppel mit Dienstknecht bezeichnet – also vielfach nur niedere und schwere Arbeit.
Mit dem „Stifte allhier“ meinte man die Zisterzienser Abtei im Stift Lilienfeld in der Diözese St. Poelten in Niederösterreich. Das war und ist kein unbedeutendes Kloster, denn es gehört als Filialkloster von Morimond in Burgund in Frankreich zu einem der frühesten Klostergründungen.

Stift Lilienfeld in Niederösterreich

Die Großeltern von Anna Geppel, Leonhard Geppel und Anna Maria Glinzin, heirateten am 3. Februar 1823 im Ort Lilienfeld.

Andreas Geppel arbeitete, im Jahr 1861 als Schuldiener an der kommunalen Oberrealschule auf dem Wieden. Im Jahr 1867 war er Laborant der Chemie der Communaloberrealschule Wieden.
Die Eltern von Anna heirateten am 5. August 1861 in Wieden, einem Wiener Bezirk.

Herkunft der Mutter:
Barbara Geppel, geborene Fischer, verwitwete Wurmbäck wurde am 6. Oktober 1827 in Kreuzhub, Oberösterreich geboren. Sie war die eheliche Tochter des Simon Fischer, Einwohners, und der Maria geborene Poringer.

Anna Herold geb. Geppel hatte noch vier ältere Schwestern:

- Theresia Maria, * 2. April 1850 geboren
- Eva Barbara, * 7. Oktober 1861 in Wieden geboren
- Johanna Paulina, * 16. Mai 1864 ebd. geboren
- Mathilde Paulina, * 31. Dezember 1867 ebd. geboren
- sie selbst wurde am 10. Februar 1871 ebd. geboren

Die älteste Schwester stammte aus der ersten Ehe ihrer Mutter mit Josef Ferdinand Wurmbäck. Dieser wurde am 10. Januar 1817 in Hall in Oberösterreich geboren. Die Heirat mit Barbara Fischer fand am 8. September 1852 statt. Ihre Mutter, Maria Poringer lebte da schon nicht mehr, aber der Vater lebte noch. Josef Ferdinand Wurmbäck starb bereits mit 39 Jahren am 21. November 1855 in Matzleinsdorf bei Wien an Tuberkulose. Er war ein Tagelöhner und Sohn der ledigen Rosalia Wurmbäck.

Ansichten vom Künstlerpaar

Vom Riesen und seiner Frau gibt es etliche verschiedene Ansichten. Die meisten Motive weichen nur geringfügig voneinander ab. Zum Beispiel hält Paul Herold einmal den rechten Arm angewinkelt und ein anderes Mal den linken Arm. Auch die Kostümierung ist ähnlich. Wahrscheinlich fehlte das Geld für eine umfangreiche Garderobe.

Aenny Herold – Sängerin und Pianistin

Ganz überraschend fand ich bei ebay eine Postkarte von Paul Herolds Frau, worauf sie allein abgebildet ist.

Sie war Pianistin und Sängerin und musste sich vermutlich selbst ihren Lebensunterhalt verdienen. Vielleicht sorgte ihr inzwischen geschiedener Mann weiterhin für sie. Die Postkarte ist leider nicht postalisch gelaufen, und von daher kann nicht beurteilt werden, ob die Karte erst nach 1921 versandt wurde. Vielleicht hatte sie doch schon während ihrer gemeinsamen künstlerischen Zeit Soloauftritte.

Bevor Anna Herold geborene Geppel den Riesen kennenlernte und nach Leipzig übersiedelte, konnte sie auf beträchtliche Engagements in Wien zurückblicken.

Engagements in Wien

Ein paar Eindrücke ihrer Sängerkarriere möchte ich an dieser Stelle erwähnen. Vielleicht hätte sie in Wien eine erfolgreiche Karriere hingelegt, aber sie entschied sich, ins Deutsche Reich nach Leipzig umzuziehen.
Im Januar 1890 wird im Kulturteil der Wiener Allgemeinen Zeitung eine ganze Seite mit Inseraten für Theatervorstellungen, Oper usw. angekündigt.
Fräulein Anna Geppel sang am 29. Januar 1890 im k. k. Hof-Operntheater den „Ersten Edelknaben" in der Romantischen Oper von Richard Wagner:

„Tannhäuser und der Sängerkrieg auf der Wartburg".[39]

Außerdem wirkte sie in der Zeit vom 1. Februar 1890 bis 31. Dezember 1891 als Chorsängerin im Hof-Operntheater.[40]

Nebenbei möchte ich eine Festvorstellung für nicht unbedeutende Persönlichkeiten erwähnen, denn der sächsische König hatte geheiratet. Diese Ehe stand unter keinem guten Stern – der König wurde sozusagen allein erziehender Vater von sechs Prinzessinnen und Prinzen.

„Festvorstellung am 19. November 1891
„Lohengrin"
Anlässlich der Vermählung Ihrer k. u. k. Hoheit

39 Wiener Allgemeine Zeitung, 29. Januar 1890, Nr. 3513, S. 8
DG: Österreichische Nationalbibliothek

40 Weltner, Albert Josef (Hg. 1894): Das kaiserlich-königliche Hof-Operntheater in Wien. Statistischer Rückblick auf die Personal-Verhältnisse und die künstlerische Tätigkeit vom 25. Mai 1869 bis 30. April 1894, S. 48

der Frau Erzherzogin Louise von Toscana
mit seiner
königlichen Hoheit dem Prinzen Friedrich August Herzog zu Sachsen.“[41]

***

Die Zeitung „Die Presse“ gab eine Kurzmeldung über eine Silvesterveranstaltung bei der Anna Geppel mitwirkte:

„Die Fröhlichen“ veranstalteten eine Sylvesterfeier im Concert-Saale des Etablissements Ronacher, welche sehr animiert verlief. Von den gelungenen Vorträgen erwähnen wir die der Frau Fiala, Fräulein Geppel u. a.“[42]

***

Eine besondere Aufführung, an der Anna Geppel als Sängerin teilnahm, fand am 22. März 1891 im großen Musikvereinssaal statt, dem berühmten „Goldenen Saal“, in dem traditionell die Wiener Philharmoniker jedes Jahr ihr Neujahrskonzert aufführen.

„Wiener Concerte

Das diesjährige Oster-Concert des Schubertbundes das am Palmsonntag (22. März) im großen Musikvereinssaale vor zahlreicher Zuhörerschaft stattfand, ragte vor ähnlichen Aufführungen des Vereins u. anderer Körperschaften durch die treffende Wahl der abwechslungsreichen gediegenen Vortragsordnung durch sorgsames hingebungsvolles Studium und eine unter Chormeister Ernst Schmidts Leitung vorzüglich gelunge-

41 Ebd. S. 228
42 Die Presse, Wien, Sonntag den 4. Jänner 1891, Nr. 4, 44. Jg., S. 16
DG: Österreichische Nationalbibliothek

ne Gesamtaufführung bedeutsam hervor. Eine ganz besondere künstlerische und persönliche Weihe erhielt dieses Concert durch das Hauptwerk: „Der Beduine“. [...] *Um die Durchführung der vom Componisten* [Franz Mair] *selbst geleiteten Nummer machten sich auch die* ***Sopranistin Frl. Anna Geppel*** *– angenehme Stimme – und der Baritonist Herr Dr. Robert Haas durch ihre gelungenen Solovorträge verdient. Anhaltender stürmischer Beifall zollte dem Componisten u. Verein Dank u. wohlverdiente Anerkennung.“*[43]

Die heutige Wiener Staatsoper – ehemals das kaiserlich-königliche Hof-Operntheater Wien

***

43 Die Lyra. Die Zeitung Leipzig, Wien, 1. April 1891 Nr. 13 (386), XIV. Jg., S. 3; DG: Österreichische Nationalbibliothek

JAHRMÄRKTE und VOLKSFESTE

Ein Jahrmarkt, auch Messe oder Kirmes genannt, ist seit dem Mittelalter ein mehrtägiger Markt, der in einer Stadt einmal jährlich stattfindet und besondere Beachtung genießt. Heute wird die Bezeichnung auch für andere Märkte benutzt, wobei die Begriffe Vergnügungspark und Volksfest sehr geläufig sind. Im Laufe der Zeit hat sich ein Jahrmarkt mitunter in ein Volksfest gewandelt.

Gruß von der Dresdner Vogelwiese – Platz auf den Elbwiesen

In Deutschland feierte man auf verschiedene Weise wie zum Beispiel auf der Dresdener „Vogelwiese". Der Riese ist im Juli 1899 auch hier aufgetreten, aber anscheinend nur eine Saison. Auch heute noch vergnügen sich die Menschen auf dem „Rummelplatz", wie sich die Vogelwiese nun nennt. Die Namen der

Volksfeste variierten im Laufe der Zeit. In Hannover gibt es das traditionelle „Schützenfest“.
Und in Copitz bei Pirna (Sachsen) heißt das Fest ebenso Vogelwiese, von wo eine Person im August 1909 an ihren Bruder in (Bad) Schandau ins Schützenhaus frohe Grüße versandte. Sie schrieb außerdem:

„Die besten Grüße sendet Dir Deine Schwester
Deine Karte erhalten, werden zur Krippener Vogelwiese nicht kommen, es ist doch bald unsere Kirmes zu Hause...“

Aus den wenigen Zeilen kann man erkennen, dass es eine ganze Reihe von Vergnügungen gab und nicht überall konnte man dabei sein, so sehr man es sich auch wünschte.

Post von der Vogelwiese in Pirna-Copitz im Jahr 1909

Sie schrieb von der Krippener Vogelwiese. Krippen ist ein kleiner Ort an der Elbe unweit von Bad Schandau, aber auf der anderen Seite der Elbe. Man kann nur staunen, in welch kleinen Orten solche Volksfeste statt fanden. Heute wirbt man für das Stadtfest oder Anwohner feiern in ihrem Wohngebiet ein Straßenfest. Neben den eben genannten Festen gab es im Jahreslauf noch etliche Festlichkeiten. Ich denke an Feste im Frühjahr wie das Kirschfest, Blütenfest oder das in Leipzig am 18. Mai 1912 statt gefundene Margareten Volksfest. Auch während der Leipziger Messe vergnügten sich die Leute neben der Besichtigung der Ausstellungsstände auf einem Volksfest – die sogenannte Kleinmesse. Oft fanden Festumzüge statt, Musik, Tanz und die Fahr- und Belustigungsgeschäfte der Schausteller gehörten ebenso dazu. Jedermann sollte sich nach Herzenslust vergnügen, denn man hatte den Anspruch etwas Besonderes für die Besucher anzubieten. Die Kirchweih soll nicht unerwähnt bleiben. Jeder Ort, jedes Dorf und jede Stadt feierte und feiert noch heute ihre ortstypischen Feste.

Und diese zahlreichen Gelegenheiten zu einem Auftritt ließ sich der Riese mit seiner Frau wahrscheinlich nicht entgehen. Aber hauptsächlich begeisterte er die Menschen in großen Gasthofsälen und Restaurants, genau so wie schon in seiner Anfangszeit mit seinem Partner dem Riesen Franz Leony. Nicht wenige Gastwirte inserierten in den gängigen Tageszeitungen über das Gastspiel des Riesen. Dabei wurde mit Übertreibungen nicht gespart, um jegliche Aufmerksamkeit zu erreichen. Dabei pries man die gute Küche und das Bier an.

***

In Nordrhein-Westfalen und anderswo unterwegs

Ab dem Jahr 1910 konnte man in den Tageszeitungen wieder Anzeigen vom Riesen lesen. Was in der Zwischenzeit geschah, welchen Werdegang er nahm, ist im Moment noch unbekannt. Etwa fünf Jahre hörte und las man nichts in den gängigen deutschen Zeitungen. Auch in den österreichischen Zeitungen fand ich keinen Anhaltspunkt. Vermutlich trat er doch im Ausland auf, ob in der ganzen Welt – wie oft zu lesen war – denke ich eher nicht. Doch nun trat der Riese wieder in Aktion im Raum Nordrhein-Westfalen.

Dortmund 1910 – Olympia Tunnel

Das klingt vielversprechend! Es müsste eine Lokalität gewesen sein, denn der Riese wurde in der Dortmunder Zeitung mit einem Inserat angepriesen. Mit Tunnel assoziiert man den Bergbau, was für Dortmund durchaus Berechtigung hat, denn in diesem Gebiet gibt/gab es viele Steinkohlevorkommen. Vielleicht befand sich eine Gaststätte gleichen Namens in der Nähe.

Am Freitag, den 30. September 1910 kündigte die Dortmunder Zeitung das „total neue Programm“ im Olympia Tunnel an. Eine Woche später am 8. Oktober schrieb der General-Anzeiger für Dortmund reißerisch:

„!Der grösste Mensch!
*Der je gelebt, der Riese Paul Herold ist täglich ohne Extra Entree im **Olympia-Tunnel** zu sehen.“*[44]

---

44 General-Anzeiger für Dortmund und die Provinz Westfalen, 8. Oktober 1910, Nr. 276, 23. Jg., S. 8; DG: Westfälische Wilhelms-Universität Münster UuL

Am gleichen Tag konnte man in der Dortmunder Zeitung ähnliche Anzeigen lesen.

„Olympia-Tunnel.
Täglich wochentags ab 6 Uhr der Riese Paul Herold und das reichhaltige Programm:
Possen, Mimiker, Schnellzeichner, Humoristen usw.
Konzert der Hamburger Seekadettenkapelle Entree 15 Pfennig.
Morgen Sonntag, von 11 bis 1 Uhr (Entree frei)
der Riese Paul Herold"[45]

***

Etwa drei Wochen später – Ende Oktober 1910 – hielt sich Paul Herold in Mayen in der Eifel auf. Die dortige Mayener Volkszeitung schrieb in aufbauschender Weise:

„Eine Abnormität ist im Roten Haus wieder zu schauen. Diesmal ist es ein Riese „Paul Herold", den man dort in Augenschein nehmen kann."[46]

Die Zeitungsannoncen unterschieden sich nur unwesentlich, denn oft wurde übertrieben, um die nötige Aufmerksamkeit zu erregen. Einen großen Menschen als Abnormität zu bezeichnen, grenzt schon an Respektlosigkeit. Überhaupt klingt die o. g. Anzeige etwas distanziert zum Künstler. Einige Zeitungen beschrieben den Riesen sehr zuvorkommend und voller Respekt. Anderen ging es lediglich um das Vermarkten der besonderen „Größe".

---

45 Dortmunder Zeitung, 8. Oktober 1910, Nr. 511, 83. Jg., S. 5
DG: Westfälische Wilhelms-Universität UuL

46 Mayener Volkszeitung, Samstag 29. Oktober 1910, Nr. 250, 37. Jg., S. 2
DG: UuL der Rheinischen Friedrich-Wilhelm-Universität Bonn

Noch einmal inserierte der Besitzer des „Roten Hauses“ – Carl Colmie – in der Mayener Volkszeitung, dass der Riese Paul Herold bis zum 7. November 1910 in seinem Lokal serviert.[47]

***

Wiederum drei Wochen später, Ende November 1910 nach seinem Gastspiel in Mayen, bewegte sich Paul Herold mitten ins Ruhrgebiet – und zwar nach Duisburg-Hochfeld.

Duisburg-Hochfeld: Niederrheinische Hütte – Damals überragten noch Schornsteine das Kohlerevier

„Auf zum Börsensaal!
H. Zimmermann Hochfeld, Hochfeldstraße 136

47 Mayener Volkszeitung – Organ der Zentrumspartei für den Kreis Mayen: 3. November 1910, Nr. 253, 37. Jg., S. 4
DG: UuL der Rheinischen Friedrich-Wilhelm-Universität Bonn

Sonntag, den 27. November Gründungsfest der neugebildeten Karnevals-Gesellschaft Hochfeld-Süd verbunden mit großen Tanzvergnügen
wozu Einführungen durch Mitglieder gestaltet sind.
Der Riese Paul Herold gastiert noch in oben genannten Lokal bis zum 30. November [1910]
vorzügl. Biere – gute Küche – Aufmerksame Bedienung
Es ladet freundlichst ein
Karnevalistische Gesellschaft, Hochfeld-Süd"[48]

***

Aus dem Jahr 1911 sind keine Zeitungsannoncen vorhanden, zumindest in den Zeitungen, die mir durch das digitale Zeitungsportal zur Verfügung standen. In diesem Jahr heiratete Paul Herold und reiste vermutlich weiter durch die Lande, wobei nur ein Auftrittsort in Niedersachsen[49] bekannt ist.
Im Februar 1912 war ein Inserat – kurz und knapp – in der Velberter Zeitung zu lesen:

„Im Restaurant „Zum Hengst" ist der Riese Paul Herold (2,36 Meter groß) zu sehen."[50]

***

Die Annener Zeitung berichtete wiederum im Februar 1912 über den Riesen-Wundermenschen.

---

48 General Anzeiger für Duisburg, Ruhrort, Meiderich und Umgebung, Sonnabend, 26. November 1910, Nr. 285, XXIX. Jg., S. 4
DG: UuL der Rheinischen Friedrich-Wilhelm-Universität Bonn

49 Anm.: Postkarte aus Einbeck/Niedersachsen v. April 1911 auf S. 78

50 Velberter Zeitung, Samstag, 3. Februar 1912, Nr. 29, 31. Jg., S. 2
DG: Westfälische Wilhelms-Universität Münster UuL

„Neu! Achtung! Neu!
Restaurant „Zum Bürgerhaus“
Von heute ab gastiert in meinem Lokale der
Riesen-Wundermensch Paul Herold
aus Sachsen, 28 Jahre alt, 2,36 m groß (kompl.).
Er ist der normalste Riese der Gegenwart.
Um zahlreichen Besuch bittet H. Schwittay“[51]

Der Gastwirt verjüngte den Riesen doch glatt um 10 Jahre. Was machen schon zehn Jahre Altersunterschied aus? Auf seinen Werbepostkarten präsentierte sich Paul Herold stets vorteilhaft, so dass sein wahres Alter kaum einzuschätzen war.

***

Im Februar des Jahres 1912 war der Riese ziemlich aktiv, denn kurz nach dem Gastspiel in Annen trat er bereits zwei Wochen später in Witten im Restaurant „Zur Börse“ auf. Die Stadt Witten an der Ruhr befindet sich zwischen Bochum und Dortmund. Das Wittener Tageblatt kündigte den Riesen an. Die falsche Altersangabe übernahm man einfach. Mittlerweile ist Annen ein Stadtteil von Witten – es liegen keine zwei Kilometer zwischen den beiden Orten. Der Riese hatte es also nicht sehr weit, um im nächsten Restaurant Aufsehen zu erregen. Der Anzeigentext erschien in ähnlicher Form.

„Halt! Wo gehen wir hin?
Zum Riesen Herold
Nur für kurze Zeit zu sehen – vom 29. Februar bis 4. März
im Restaurant „Zur Börse“ am Markt

---

51 Annener Zeitung, Samstag, 10. Februar 1912, Nr. 18, 28. Jg., S. 3
DG: Westfälische Wilhelms-Universität Münster UuL

*Herr Herold ist 28 Jahre alt, 2,36 Meter groß
der normalste und proportionierteste Riesenmensch
der Gegenwart.
Derselbe erregte in Europa und Amerika überall das größte
Aufsehen – während sich Herr Herold zeigt,
findet Grosses Konzert statt, ausgeführt von der
Wiener Klavier-Virtuosin
Frl. Margarit Strauss.
Donnerstag zwischen 12 und 1 Uhr morgens, abends zwischen
9 und 10 wird der hier bereits bekannte stärkste Mann
Deutschlands und Amerikas – Herr Hans Dohlen, mit seinem
Gebiß ein lebendes Pferd heben.
Es ladet höflichst ein
Die Direktion – Eintritt frei!
Kommen, Sehen, Hören, Staunen.“*[52]

***

Die Dürener Zeitung berichtete im März 1912 in ähnlicher Weise wie in Witten. Die Stadt Düren befindet sich zwischen Aachen und Köln im nördlichen Nordrhein-Westfalen.

*„Halt! Wo gehen wir hin! Achtung!
Zum Riesen Herold!
Nur kurze Zeit zu sehen,
vom 14. bis 19. März
Im Restaurant „Zum Grafen Zeppelin“
Besitzer Wilhelm Kurth
Düren, Marktplatz 6
► Herr Herold ist 28 Jahre alt….*

---

52 Wittener Tageblatt, Mittwoch 28. Februar 1912, Nr. , 53. Jg., S. 6
DG: Westfälische Wilhelms-Universität Münster UuL

Herr Herold hat bereits ganz Europa, Amerika und Afrika bereist und erregte überall das größte Aufsehen.
Sehr sehenswert!
Eintritt frei! Kein Bieraufschlag!"[53]

Auch hier ähnelte der Anzeigentext stark dem der Wittener Zeitung. Die Aussage, der Riese hätte außer Europa und Amerika auch Afrika bereist, stellte die einzige Neuigkeit dar. Ich vermute, die Gastwirte wollten Eindruck schinden, indem sie das Außergewöhnliche noch steigerten. Afrika konnte sich zu dieser Zeit kaum jemand vorstellen geschweige denn selbst bereisen. Vielleicht erzählte der Riese von seinen Reisen, er wird ja nicht bloß still dagestanden haben. Je exotischer ein Kontinent erschien, um so mehr ließ sich das Interesse des Publikums gewinnen und das war ja letztendlich das Ziel des Gasthausbesitzers. Freien Eintritt gewährte man den potenziellen Gästen, denn je zahlreicher die Leute kamen, um so mehr steigerte sich der Umsatz. Man könnte ja meinen, zwar kommt man kostenlos ins Lokal, aber der Aufschlag erfolgt garantiert über die Getränke. Nein: „Kein Bieraufschlag" auch das betonte der Gasthausbesitzer. Von Natur aus sind die Menschen neugierig, so dass der Wirt keine Bange haben musste, den Riesen vor leeren Stühlen postieren zu müssen. Werbung ist natürlich alles!

***

53 Dürener Zeitung, Samstag, 16. März 1912, Nr. 63, 40. Jg., S. 13
DG: UuL der Rheinischen Friedrich-Wilhelm-Universität Bonn

Ab 1911 besitze ich Fotokarten mit verschiedenen Ansichten des Riesen und seiner Frau, welche von Besuchern der Volksfeste, Jahrmärkte und sonstigen Festen an ihre Freunde, Verwandte und Bekannte geschickt worden sind.

Einige Kartenschreiber teilten in einem kurzen Satz mit, dass sie den Riesen und seine Frau gesehen haben. Manchmal gab es gar keinen Textbezug zum Kartenmotiv wie bei der hier abgebildeten Karte.

Unterschrift ↑

Im April 1911 sandten aus Einbeck (Niedersachsen) Eltern sowie vermutlich enge Freunde an ein Fräulein Marie Nordmann in Hannover eine Autogrammkarte vom Riesen mit Frau. Ob die Unterschrift nun bereits gedruckt war oder der Riese sein Autogramm vor Ort gegeben hat, ist leider schwierig zu beurteilen. Der Kartentext beinhaltet Belangloses sowie persönliche Angelegenheiten.

Der Riese „tingelt“ quer durch Sachsen

Andenken an den Riesen Paul Herold aus Sachsen
28 Jahre alt 2,36 groß (komplett)

Paul Herold reiste gemeinsam mit seiner Frau in den Jahren 1913 und 1914 quer durch Sachsen. Im November 1912 trat er schon im Erzgebirge im Gasthof „Zur Sonne“ auf. Von 1915 bis Anfang 1918 sind keine Informationen über Auftritte vorhanden – was ja auch verständlich ist, denn in Kriegszeiten sorgte man sich um die notwendigen Dinge des täglichen Lebens, denn schließlich musste das Geld zusammengehalten werden. In Sachsen trat er das erste Mal in Dresden im Juli 1899 auf – allerdings mit seinem Partner Franz Leony. Und nun erst viele Jahre später wieder in seinen heimatlichen Gefilden. Die Postkartenmotive zeigten hauptsächlich ihn und seine Frau und man versandte die Karten auch noch dann, als der Riese bereits einige Jahre älter war. Aber was spielte das für eine Rolle? An seine Verwandten in Sachsen und Thüringen schrieb er in all den Jahren vermutlich nicht, weil er sich meistens nicht weit entfernt von ihnen befand. Vielleicht besuchte er sie. Davon ist leider nichts überliefert worden.
Ob der Riese auch in Leipzig aufgetreten ist, kann nicht mit Bestimmtheit behauptet werden. Meine Recherche ergab, dass er eher in kleineren Orten und Städten Sachsens bei Festlichkeiten in Erscheinung trat. In einem Zirkus ist er wahrscheinlich während seiner Karriere mit seiner Frau nicht aufgetreten.
Um einige Auftrittsorte in Sachsen zu nennen:
Limbach, Rosswein (an der Mulde), Ebersdorf bei Chemnitz, Weinböhla bei Dresden, Sörnzig bei Rochlitz, Frankenberg, Bockau im Erzgebirge, Lößnitz, Riesa, aber auch die größere Stadt Chemnitz. Sicherlich werden noch weitere Kleinstädte auftauchen, denn Ansichtskarten werden im Internet, auf Börsen und Trödelmärkten noch in reichlicher Zahl vertrieben. Auch kann man davon ausgehen, dass nicht jeder seiner Auftritte in der lokalen Presse angekündigt wurde.

***

Im November 1912 erschien im Erzgebirgischen Volksfreund, einem Tage- und Amtsblatt, ein Inserat des Gastwirtes „Zur Sonne“. Im Gasthof in Bockau fanden Veranstaltungen statt unter anderem gastierte hier wahrscheinlich zum ersten Male der Riese, denn man beschrieb ihn sehr vorteilhaft.

Gasthof „Zur Sonne“ in Bockau/Erzgebirge

„... An allen Feiertagen gastiert der Riese Paul Herold compl. 2,36 groß in Kostüm. Herr Herold ist der normalste Riesenmensch der Gegenwart. Sehr sehenswert und interessant. Für musikalische Unterhaltung wird u. a. eine der besten Klaviervirtuosen sorgen.“

Mit an Sicherheit grenzender Wahrscheinlichkeit sorgte seine Frau Annie für die musikalische Begleitung. Es wäre interessant zu erfahren, welche Musikrichtung dargeboten wurde. Weitere lockende Angebote hielt das Zeitungsinserat bereit:

„Kein Entree, kein Kassieren. Küche und Keller, Speisen und Getränke in bekannter Güte. Als Spezialität: Hasenbraten, Gänsebraten, Karpfen. Große Ausspannung. Telefon Nr. 345. Ich habe alles aufgeboten um meinen geehrten Freunden und Gönnern vorzügliches zu bieten und bitte um gütigen Besuch. Ergebenst Max Siwiec.“[54]

54 Erzgebirgischer Anzeiger: Sonntag, 3.11.1912, Nr. 256, 65. Jg., S. 8

Das Jahr 1913

Auftritt in Sörnzig Mai 1913

Sörnzig – wo befindet sich dieser Ort? Das war mein erster Gedanke, als ich die Postkarte an ein Fräulein Petzold in Glauchau las. Freunde schrieben ihr eine Ansicht vom Riesen mit seiner Frau – zum Glück datiert mit Ort und Datum. Der Bahn-Poststempel lautete „Glauchau-Großbothen“. Sörnzig, das ist ein kleiner Ort an der Mulde zwischen Rochlitz und Wechselburg.

„Sörnzig d. 18./5. 1913
Liebes Fräulein Petzold!
Sende Ihnen von hier die herzlichsten Grüße. Leider war es mir gestern nicht möglich, einmal zu Ihnen zu kommen. Den Riesen den ich Ihnen umwendend sende, haben wir soeben leibhaftig gesehen. Auf baldiges Wiedersehen!“

Das Kartenmotiv zeigt den Riesen mit seiner Frau, dieses Mal trägt er kein Auftrittskostüm sondern einen feinen Anzug.

Ein großer Mensch erweckte Aufmerksamkeit, noch dazu in so einem kleinen Ort. Sicherlich erfüllte es die Leute mit Stolz, wenn sie den berühmten Riesen „leibhaftig", wie es auf der Karte beschrieben wurde, sahen. So ein Ereignis stellte bestimmt etwas Besonderes dar, so dass die Menschen ihre Eindrücke sogleich auf einer Postkarte festhielten und an ihre Freunde oder Verwandte verschickten. Man wollte den Angehörigen imponieren, denn einen riesengroßen Menschen sieht man schließlich nicht alle Tage.

Die meisten Leute kamen aus ihrem Umkreis von wenigen Kilometern selten hinaus – vor allem aus den dörflichen Gegenden. Das weiß ich von meiner Großmutter, die in ihren Schulferien oft bei den Großeltern in Borna – das waren der Bäckermeister Friedrich Voigtländer (Bruder von Paul Herolds Mutter) und Frau – für ein paar Tage weilte. In früheren Zeiten, ich meine besonders die Zeit vor dem ersten Weltkrieg, war es nicht üblich, in den Ferien zu verreisen, schon aus dem Grunde nicht, weil in der Sommerzeit die Ernte anstand. Auch in der Kleinstadt Groitzsch besaß die Familie einen Garten und dort gab es im Sommer reichlich zu tun. In Berlin oder an der Ostsee war sie, die Großmutter, nie in ihrem langen Leben. In den 1930er Jahren verreiste die Familie meines Vaters[55] einige Male, aber über die Grenzen Deutschlands ging es nie hinaus.

Es stellt sich auch die Frage: auf welche Weise gelangte der Riese an seinen Zielort? Damals existierten viel mehr Bahnverbindungen, die später nach dem zweiten Weltkrieg leider still gelegt wurden. Die Automobile und Omnibusse waren auf dem

55 Anm.: Um den Überblick über die verwandtschaftlichen Verhältnisse zu behalten: Mein Vater Hans Hüfner ist der Enkel von Anna Lina Beyer geb. Voigtländer – der Cousine vom Riesen.

Vormarsch, auch wenn sich das noch kaum jemand leisten konnte. Aber bereits im Jahr 1909 existierte eine Buslinie: Limbach – Burgstädt – Mittweida. Alles kleinere Städte in Mittelsachsen. Es wäre durchaus vorstellbar, dass der Riese mittels Linienbus von einem Ort zum anderen fuhr – vorausgesetzt – er passte auf Grund seiner ungewöhnlichen Größe in den Bus. Zumindest in Limbach ist der Riese mit seiner Frau aufgetreten, das belegt eine Postkarte.

Trotz seiner vielen Auftritte in den kleineren Orten Sachsens drängte sich mir die Frage auf, ob er nicht lieber in den Varietés und Konzerthallen der Großstädte aufgetreten wäre. Durch die Heirat änderte sich sein Leben – ohne Frage. Was aus dem zweiten Riesen – Franz Leony – geworden ist, wäre interessant zu erfahren. Beide arbeiteten doch viele Jahre sehr konstruktiv zusammen. Auf alle Fälle reagierte der Riese flexibel auf die jeweiligen Veränderungen, die das Showgeschäft im Laufe der Jahre so mit sich brachten. Und um noch einmal auf den kleinen Ort Sörnzig zurückzukehren: Einen größeren Kontrast zu Dresden, Berlin oder Hamburg konnte man sich nicht vorstellen. Vielleicht waren auch die Engagements weniger geworden, so dass er jede Gelegenheit zu einem Auftritt wahrnahm.

***

Schützenfest in Zschopau 1913

Ein besonderer Höhepunkt im Jahreslauf stellte das Schützenfest in Zschopau dar, denn darüber wurde ein Artikel im „Wochenblatt für Zschopau und Umgegend" verfasst. Zschopau ist eine kleine Stadt am Fluss desselben Namens. Am Sonntag, nämlich am 27. Juli 1913, trat der Riese auf dem Fest auf.

„Vom Schützenplatz. Ein lebhaftes Treiben herrscht bereits auf dem Festplatze; da wird gebaut und gehämmert und dekoriert, damit am Sonntag alles wohl vorbereitet ist, um die zahlreichen Besucher des Festes zu befriedigen. Von den größeren Zelten nennen wir zunächst das der Konditorei und Café von Alfred Winkler, ferner das „Bratwurstglöckle" des Herrn Aug. Hardenberg mit dem Riesen Paul Herold. Weiter Riedels Erfrischungshalle und Schmidts Bierzelt, das Schank- und Speisezelt „Erholung" von Otto Lantzsch, das Schankzelt „Erster Seufzer" von Clemens Hengst, sowie das Schankzelt zur Tonhalle von Emil Hösel. Wer fernab von dem Treiben des Festplatzes sich ein Plätzchen suchen will, der wird in den Räumen des Schützenhauses eine gastliche Stätte finden. Von Schaustellungen nennen wir Boneskys Lichtspiel-Palast, der wie in den Vorjahren wieder viel Zuspruch finden wird. Hoffentlich ist uns dieses Volksfest besseres Wetter beschieden, als die letzten Tage uns brachten; dann wird auch auf dem Festplatze sich ein fröhliches Treiben entfalten und zahlreicher Besuch allen geplanten Veranstaltungen beschieden sein."[56]

Ein paar Zeitungsseiten weiter schalteten die Veranstalter einige Inserate, um auf ihre Attraktionen aufmerksam zu machen. Der gerade erwähnte Lichtspiel-Palast begeisterte die Massen, denn das Medium Film zählte zu den Neuigkeiten auf solch einem Volksfest.

56 Wochenblatt für Zschopau und Umgegend – Amtsblatt, Samstag, 26. Juli 1913, Nr. 87, 81. Jg., S. 1; DG: SLUB Dresden

Das Inserat:

„Richard Boneskys Lichtspiel-Palast ist wieder eingetroffen und wird unstreitig Hauptanziehungspunkt aller Schützenfestbesucher bilden.
Meine Schlager entfesseln Beifallsstürme
Meine Schlager erregen Völkerwanderungen.
Mein langjähriges Renommee wird sich aufs neue bestätigen.“[57]

Die Stadt Zschopau am gleichnamigen Fluss gelegen – Partie am Schloss

***

57 Ebd. S. 3

Post vom „Riesen“ aus Chemnitz

Die Kartenmotive mit dem Abbild des Riesen und seiner Frau sind unterschiedlich was die Kostümierung betrifft. Ansonsten ähneln sich die Motive, denn das Ehepaar präsentierte sich mit dem Hauptaugenmerk auf die enorme Größendifferenz. Man findet bei ebay immer wieder Ansichtskarten, die sich nur geringfügig voneinander unterscheiden. Die Kartenrückseite ist daher um so interessanter.
Auf einer Postkarte aus Chemnitz, versandt am 3. November 1913, unterschrieb der Riese auf Wunsch des Absenders eigenhändig. Dieses Andenken vom Erleben des „leibhaftigen Riesen“ wurde an ein Ehepaar nach Thalheim geschickt – sogar ins Pfarramt. Viele Karten oder auch Autogramme, wenn auch nicht immer auf der Vorderseite unterschrieben, schwirren noch im Internet herum. Es ist doch erstaunlich, wie viele Orte er bereiste, wie im nächsten Kapitel beschrieben wird.

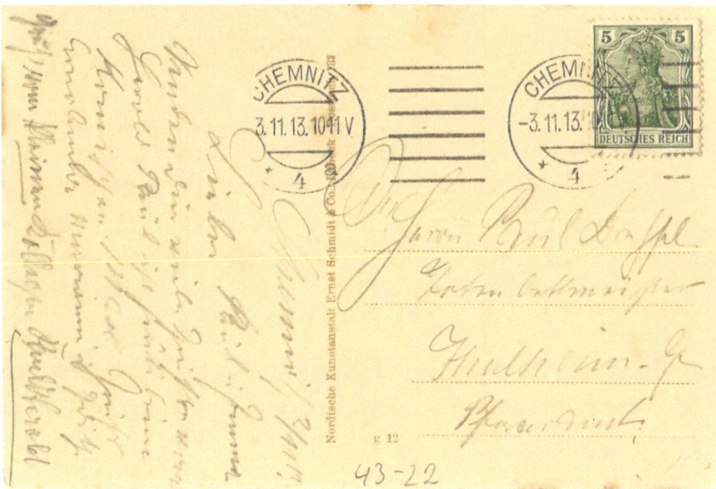

↑ ← *Hier hat der Riese eigenhändig mit unterschrieben*

Bockbierfest in Ebersdorf

Vom Bockbierfest in Ebersdorf bei Chemnitz wurden am 8. Dezember 1913 Grüße an Freunde in Zittau versandt. Ebersdorf ist heute zu Chemnitz eingemeindet. Man möchte meinen in der Vorweihnachtszeit geht es beschaulicher zu als zu den üblichen Volksfesten, aber anscheinend ist jede Abwechslung willkommen. Der Name Bockbierfest sagt es schon – Bockbier floss wahrscheinlich in Strömen und der allgemeine Festcharakter ließ keine Wünsche offen.

Die Leute schrieben:

„Hier war der Riese und seine Frau zu sehen.“

Mehr stand nicht auf der Karte, wobei als Kartenmotiv wieder das Ehepaar Herold abgebildet ist – sie in weißem Kleid mit Blumenstrauß und er in Uniform und hohen Hut. Man möchte sich fragen, was hat der Riese bei seinem Auftritt außer seiner Größe noch geboten? Vermutlich wird er wohl ein paar Worte gesagt haben.

Das Jahr 1913 geht allmählich zur Neige und bereits Anfang Januar hatte der Riese mit seiner Frau einen Auftritt in Limbach. Als Kartenmotiv wurde dieselbe Karte wie eben genannt gewählt. Wahrscheinlich besaß der Riese eine umfangreiche Kartenauswahl, die die Leute vor Ort kaufen konnten. Man kann schon davon ausgehen, wenn eine Ansichtskarte mit dem Riesen versandt wurde, geschah das nicht zufällig, sondern die- oder derjenige hatten den Künstler in der Realität gesehen.

***

Welche Ereignisse gab es im Jahr 1913 in Leipzig?

Im Juli, vom 12. bis 16. Juli 1913, fand in Leipzig das XII. Deutsche Turnfest statt. Es wäre vielleicht nicht erwähnenswert, aber der Schwiegersohn von Anna Lina Beyer geb. Voigtländer nahm daran teil. Der Teilnehmer heißt Paul Hüfner[58], mein Großvater. Von diesem großen Ereignis zeugen noch einige schöne Postkarten, die allesamt aufbewahrt worden sind.

58 Teilnehmer Paul Hüfner (1895-1986) nahm knapp achtzehnjährig am Deutschen Turnfest in Leipzig teil. Er war der Ehemann von Johanna Hüfner geb. Beyer

Zu einem weiteren großen Ereignis in Leipzig zählte die Fertigstellung des Völkerschlachtdenkmals im Oktober 1913. Das monumentale Denkmal diente dem Gedächtnis an die „Völkerschlacht“ vor 100 Jahren. Bauwerke, die als Gedenkstätte für ein historisches Ereignis errichtet wurden, dienten der Erinnerung an dieses Datum. Je länger sich dieses Ereignis aber in der Vergangenheit befand, lag es nahe, die Situation zu verklären oder zu glorifizieren. Im Inserat wurde für das Jahrhundert-Festspiel geworben als wäre es vor 100 Jahren ein Schauspiel gewesen. Dabei war es eine Schlacht und sogar eine Völkerschlacht – daher der Name des monumentalen Denkmals.

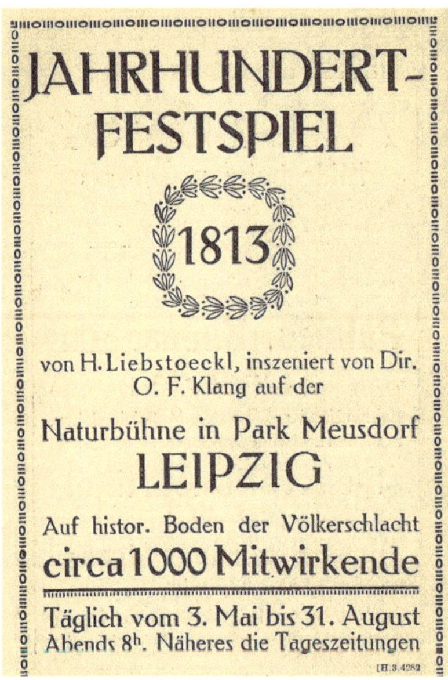

Werbung im „Festbuch für das 12. Deutsche Turnfest in Leipzig im Juli 1913“

***

Das Jahr 1914

Nach Frankenberg zum Bockbierfest

Gleich zu Jahresanfang lud der Wirt des „Restaurant Reichskanzler“ im Frankenberger Tageblatt zum zünftigen Bockbierfest ein. In überschwänglichen Worten machte er seine Kundschaft auf die bevorstehende Veranstaltung aufmerksam:

„Achtung! Telegramm! Aufgepaßt!
Wo gehen wir Sonnabend und Sonntag hin?
In's Restaurant Reichskanzler zum Bockbierfest,
wo der normalste Riesenmensch der Gegenwart,
unser größter Landsmann,
der ***Riese Paul Herold****,*
2,36 m groß (kompl.) an diesen Tagen von früh 11 Uhr bis abends
gastiert. – imponierende Größe –
ein jeder muß ihn sehen. Eintritt frei! Außerdem gute musikalische
Unterhaltung, ausgeführt von der Frau des Riesen.
Um gütigen Zuspruch bittet. Otto Günther“[59]

Einen Tag zuvor, am 31. Januar 1914, stimmte man die potenziellen Besucher mit einem etwas ausführlicheren Zeitungsartikel auf das kommende Ereignes ein.

„'Eines Hauptes länger denn jeglichen Volkes' – so vergegenwärtigte man sich den alttestamentischen „Goliath“, dem einst der kleine David entgegentrat. Daß solche mystische Gestalten noch heute in Wirklichkeit vorkommen, will Herr Restaurateur Otto Günther im „Reichskanzler“ hier beweisen. In seinem Lokal wird am Sonnabend und Sonntag eine derartige Seltenheit

59 Frankenberger Tageblatt, Bezirksanzeiger: Sonntag 1. Februar 1914, Nr. 26 73. Jg., S. 4; DG: SLUB Dresden

des Menschengeschlechts die Honneurs machen und zwar der aus Leipzig gebürtige Herr Paul Herold, der im Alter von 39 Jahren stehend, eine Körperlänge von 236 Zentimetern erreicht hat. Eine uns vorgelegte Photographie (Brustbild) läßt erkennen, daß den Gästen des „Reichskanzlers" ein an sich normal gebauter Mann mit intelligenten Gesichtszügen entgegentritt – Eigenschaften, die wir nicht bei allen „Riesen" wahrnehmen konnten, die wir früher hier und anderwärts zu schauen Gelegenheit hatten. Da im Lokal des Herrn Günther gleichzeitig Bockbier ausgeschenkt wird und – laut Inserat – Pianoforte-Unterhaltung durch die Gattin des Riesen gebothen wird, darf der unternehmende Wirth gewiß auf reichlichen Besuch aus der Stadt und Umgebung rechnen."[60]

Man war stolz auf den Landsmann und das brachte man im Zeitungsartikel auch zum Ausdruck. Meiner Meinung nach war Paul Herold selbstbewusst genug, um auszuwählen, in welchen Lokalitäten er und seine Frau auftreten möchten. In Eigenwerbung inserierte er – vermutlich in allen gängigen Tageszeitungen Deutschlands: „Wir nehmen Engagements in „besseren Restaurants", Varietés und Konzerthäusern. Elegante Kostüme und ausgewähltes Werbematerial inklusive". Er verstand es, sich gut zu vermarkten – würde man heute sagen. Soviel ich herausgefunden habe, hatte er keinen Manager. Am Anfang seiner Laufbahn bemühte er einen Vermittler für die ersten Engagements. Das ist verständlich, denn es kannte ihn ja noch niemand. Im Laufe der Jahre hatte er sich einen Namen gemacht, denn er trat jahrzehntelang in Deutschland auf, bevor er seine Karriere in Amerika fortsetzte.

***

60 Frankenberger Tageblatt, Bezirksanzeiger: Sonnabend, 31. Januar 1914, Nr. 25, 73. Jg.; DG: SLUB Dresden

Jahrmarkt in Rosswein 1914

Auf einem Jahrmarkt in Rosswein im März des Jahres 1914 trat höchstwahrscheinlich der Riese Paul Herold auf. Vermutlich war auch seine Frau dabei. Rosswein ist eine Kleinstadt an der Freiberger Mulde gelegen. Das Kartenmotiv zeigt den Riesen mit seiner Frau.

Rosswein im Jahr 1911: eine beschauliche Gegend

Die Karte sandte man nach Dresden in die Bramsch Straße 10[61] mit folgendem Text:

„*Rosswein 15/3/14*
Heute ist Jahrmarkt hier. Adresse ist Dürrenberg bei Halle postlagernd, Herzliche Grüße an alle…"

---

61 Anm.: Das ist in Dresden-Friedrichstadt.

„Akademische Bierhallen“ in Halle

Gleich im Anschluss an sein Gastspiel auf dem Jahrmarkt in Rosswein gastierte Paul Herold in Halle an der Saale. Mehrere Inserate machten auf den Riesen aufmerksam, unter anderem servierte er den Gästen Speis und Trank. Und wie die Anzeigen verheißungsvoll versprachen, erwartete die Gäste eine reichhaltige Speisekarte mit kleinen Preisen.

„Heute Sonntag nachm. und abend sowie folg. Tage
Urfidele Konzerte der beliebten Holzhacker-Buams Kapelle.
Direktor Gust'l Graf
Vom 28. März bis 15. April serviert täglich von vorm. 11 Uhr an der Riese Paul Herold, d. normalste Riesenmensch der Gegenwart, 2,36 m gr. (kompl.)…
I. Etage Café Royal…“[62]

Die vielen Abkürzungen verwendete man sicherlich aus Sparsamkeitsgründen, denn Zeitungswerbung kostete reichlich Geld, das ist auch heute noch der Fall. Der Riese betätigte sich wieder einmal als Kellner, denn anderweitige Vorführungen sind nicht im Inserat enthalten. Der Name „Akademische Bierhallen“ klingt rustikal, aber wiederum denkt man beim Wort „akademisch“ an höher gebildetes Publikum. Andererseits erinnern diese Bierhallen an ehemalige Studentenverbindungen, die es damals in der Universitätsstadt Halle gegeben hatte.
Bisher fand ich keine Ansicht der Gebäude, im Gegensatz zu Berlin. Da findet man Biergasthäuser aller Coleur vor allem im Bereich Berlin Mitte. Anscheinend gab es in den Bierhallen in

62 Generalanzeiger für Halle und die Provinz Sachsen: 29. März 1914, Nr. 75, 26. Jg., S. 16; DG: MLU Halle-Wittenberg

Halle für jeden etwas, denn außer dem Café Royal war noch ein Casino mit Bar vorhanden.
Ein paar Tage später stand ein kurzer Text in gleichnamiger Zeitung:

„Eine 'hohe Persönlichkeit',
nämlich der 2,36 Meter große Riese Paul Herold aus Leipzig,
ist zur Zeit in den „Akademischen Bierhallen“,
Große Steinstraße 24, bis über die Osterfeiertage zu sehen.“[63]

***

Im Mai 1914 befand sich Paul Herold in Lößnitz im Westerzgebirge – dort fand wie jedes Jahr ein großer Jahrmarkt statt.

„Großer Jahrmarktsrummel
im „Reichshof“ in Lößnitz am 10. und 11. Mai.
Wundervolle Ballmusik. Freies Tanzen von 4 Uhr nachmittags
bis 11 Uhr nachts. Für 50 Pf. ein Tanzband.
Gleichzeitig mache ich bekannt, daß der normalste Riesenmensch der Gegenwart, unser größter Landsmann, der Riese Paul Herold, 2,36 m groß kompl., auch Sonntag und Montag im „Reichshof“ gastiert. – Eintritt frei.
Außerdem gute musikalische Unterhaltung, ausgeführt von der Frau des Riesen.
Hierzu ladet freundlichst ein – Willy Fischer“[64]

In diesem Text wird besonders die sächsische Herkunft des Riesen hervorgehoben. Man war stolz darauf, solch einen besonderen Menschen aus der sächsischen Heimat im hiesigen

63 Ebd. Donnerstag, 9. April 1914, Nr. 84, 26. Jg., S. 3
64 Erzgebirgischer Volksfreund – Tageblatt u. Amtsblatt, Samstag, 9. Mai 1914, Nr. 106, 67. Jg., S. 4; DG: SLUB

Gasthof begrüßen zu dürfen. Aber trotz der Größe wurde Paul Herold nicht als Exot gesehen wie beispielsweise 1910 in der Mayener Zeitung als er als „Abnormität“ angepriesen wurde. Die Effekthascherei stand dort an erster Stelle – hier im Erzgebirge freute man sich über die künstlerische Leistung des Ehepaars Herold. Welche Darbietung nun der Riese beim Jahrmarkt zum besten gegeben hatte, steht nicht im Inserat geschrieben. Aber ich denke, er musste kein großes Programm absolvieren, denn allein seine Erscheinung erregte stets großes Aufsehen. Besonders die Zusammenarbeit mit seiner Frau musste sehr fruchtbar gewesen sein. Die beiden waren sicher die Hauptattraktion des Festes. Auch Anna Herold hatte vielseitige Talente und als Wiener Sängerin und Pianistin stellte sie in einer kleinen erzgebirgischen Stadt sicher etwas Außergewöhnliches dar.

***

Die Kriegsjahre 1914 bis 1917

Noch im Frühjahr 1914 trat der Riese in Rosswein und Lößnitz auf, danach sind zumindest nach dem jetzigen Forschungsstand keine weiteren Auftrittsorte bekannt. Der Krieg an der Heimatfront hinterließ Spuren, aber nicht sofort. Der Propagandaapparat funktionierte bis zum Schluss. Da könnte es gut möglich gewesen sein, dass zumindest in der Anfangszeit die kulturellen Veranstaltungen weiterhin stattfanden. Nicht desto trotz bewirkte der Erste Weltkrieg schon bald nach Beginn Versorgungsschwierigkeiten, vermutlich eher in den größeren Städten. Auf dem Land war die Selbstversorgung meist gesichert. Die Lebensmittel wurden knapp und im weiteren Kriegsverlauf verschärfte sich die Situation für die Bevölkerung entscheidend. Hunger und Mangel an Gütern des täglichen Bedarfs bestimmten das alltägliche Leben.

> „Panikkäufe vieler Hausfrauen, Vorratsbeschaffungen der Kommunen, schließlich der Bedarf der Heeresverwaltungen und die Einschränkung ziviler Eisenbahntransporte zugunsten von militärischen ließen bereits in den ersten Kriegswochen die Preise aller wichtigen Konsumgüter rasch in die Höhe schnellen.“[65]

Als Konsequenz rationierte die Regierung des deutschen Kaiserreichs die Lebensmittel und Konsumgüter bzw. die wichtigsten Güter wurden „auf Marken“ bezogen.

***

65 Rouette/Ulrich/Ziemann (2011): Der Erste Weltkrieg 1914-1918, Fernuniversität Hagen, KUE 2 Frauen und Soldaten im Krieg, S. 26 f.

Die Jahre 1918 bis 1920

Erste Auftritte für den Riesen sind vom Frühjahr 1918 zu verzeichnen. Es herrschte noch Krieg, aber nicht in jedem Ort sind die Kriegsfolgen mit voller Wucht zu spüren gewesen. Die Ernährung stellte sicherlich eine große Herausforderung dar, denn nach vier langen Kriegsjahren existierte überall Mangel der notwendigsten Lebensmittel. Doch im Mai 1918, am 1. Pfingstfeiertag, vergaß man die Sorgen und schwärmte aus zum Gasthof Mergendorf nahe Riesa. Vermutlich trat der Riese hier alleine auf, denn seine Frau blieb unerwähnt. Die Pfingstfeiertage – meist bei herrlichem Frühlingswetter – gaben den Menschen ein wenig Abwechslung und auch die Hoffnung auf ein baldiges Kriegsende.

„Riese Paul Herold, 2,43 m groß
einzig dastehend im deutschen Reich.
Eugen More Komiker. Lissy Walden Vortragskünstlerin.
Komische Posse.
Eine Wette um 12 Mark. Großer Lacherfolg.
Riese Herold, Komiker More, Pepi u. die übrigen Personen.
Preise der Plätze 1,25, 2 Platz 1,00
Vorverkauf 1. Platz 1,00, 2. Platz 0,80
Gasthof Mergendorf und im Zigarrengeschäft Ed. Wittig.“[66]

Der Komiker Eugen More kam aus dem Leipziger Varieté „Kunstbühne“ und Pepi war eine Münchner Scherzsängerin – so warb der Gastwirt an mehreren Tagen in der Zeitung.

---

66 Riesaer Tageblatt und Anzeiger, Samstag, 18. Mai 1918, Nr. 114, 71. Jg.; DG: SLUB

Varieté in Danzig 1918

Im Juli 1918 schrieb ein Mann während seines Aufenthaltes in Danzig an seine Schwester in Ebersdorf bei Chemnitz folgende Zeilen:

„Liebe Schwester Lene! 6.7.18
die herzlichsten Grüße von meiner Varieté-Vorstellung sendet Dir Dein Bruder Max.
Habe mich tadellos amüsiert, kannst auch mal nach Danzig kommen, hier ist es auch herrlich, so ein schönes ...“

Auf dieser Karte ist der Riese mit dem kleinwüchsigen Künstler Arthur Leithold abgebildet. Es wäre sein früherer Reisebegleiter gewesen, worüber ich bereits berichtete. Ob seine Frau hier in Danzig auch anwesend war, kann lediglich vermutet werden.

Gdańsk (Danzig) im Jahr 2023 – an der Mottlau mit dem Krantor

Der Krieg an der Westfront in Frankreich und Belgien tobte weiterhin, aber Danzig liegt weit davon entfernt. Hier vergnügte man sich mittlerweile auf allerlei Art und Weise.
Allerdings, das muss an dieser Stelle erwähnt werden, lagen Leid und Vergnügen oft dicht beieinander. Dafür steht ein treffendes Zitat vom bekannten Maler Max Beckmann, welcher sich im März 1915 in Flandern in der Stadt Courtrai (heute Kortjik) aufhielt. Max Beckmann, der als Freiwilliger beim Deutschen Roten Kreuz diente, schrieb an seine Frau:

> *„d. 4. März 15 [...] Abends bummele ich in den Kneipen herum. Den ganzen Tag donnern die Geschütze und es ist amüsant, zu beobachten, wie sich die Menschen daran gewöhnt haben, wie an die Sonne, diesen schaurigen Weltenbrand. Liebe, kleine Zänkerei, Handel und Ehrgeiz nehmen denselben Fortgang wie früher, trotzdem der Tod wenige Kilometer von hier sein wildes Lied singt.“*[67]

***

67 Feldpostbriefe aus dem Westen – Max Beckmann, in: Kunst und Künstler, Jg. 13/1915, S. 462, http://digi.ub.uni-heidelberg.de/diglit/kk1915/0496; Max Beckmann * 1884 in Leipzig, † 1950 New York City

Auftritt auf dem „Großen Markt“ in Aue/Sachsen

Im Auer Tageblatt und Anzeiger für das Erzgebirge erschienen Ende August 1918 folgende Zeilen:

„Der „Große Markt“ in Aue, 4 Wochen vor der Kirmes. Beides, Jahrmarkt sowohl die Kirmes, waren in den goldenen Friedenszeiten Höhepunkte des Jahres im Leben der Auer Einwohnerschaft. Der Jahrmarkt trägt in seiner Bedeutung und in seinem Umfang den Stempel des Krieges merklich auf sich. Die Budenstadt beschränkt sich auf Marktplatz und Schneebergerstraße, und nicht reich gefüllte Vorräte birgt sie, sondern die Waren, die besonders begehrt sind, werden nur in geringen Mengen angeboten sein, so daß bald die Stände ausverkauft sein werden. – Das Vergnügungsviertel auf der Walterwiese bietet aber immer noch das Bild des Friedens. Reitschulen und Schaukeln und allerhand Sehenswürdigkeiten werden ihre Anziehungskraft wie sonst ausüben. So finden wir in einem Zelt einen seltsamen Menschen: Tom Jack, den Eiskönig in schneeweißem Haar. Er ist der berühmte Entfesselungskünstler, der vor einigen Jahren gefesselt von der Londoner Towerbrücke sprang und sich im Wasser befreite, eine Vorführung, bis er vor einiger Zeit in Berlin, als er im Zirkus Busch engagiert war, von der Weidendammer Brücke aus wiederholte.[…] *Auch der Riese der deutschen Armee, der lange Joseph, wird sich zeigen. Der lange Joseph war vom ersten Mobilmachungstag ab eingezogen, er erkrankte aber im Felde an Lungenentzündung. Seine Größe mißt 2,39 m. Ein weiterer Riese, Paul Herold, stellt sich in der Centralhalle vor....“*[68]

68 Auer Tageblatt und Anzeiger für das Erzgebirge: 24. August 1918, Nr. 197, 13. Jg.; DG: SLUB

Unser Riese wird lediglich am Rande erwähnt. Inzwischen eroberten weitere Riesen die Vergnügungsstätten. Die Konkurrenz ließ nicht lange auf sich warten, aber Paul Herold verfügte über langjährige Erfahrungen als professioneller Riese in Varietés, Konzerthäusern, Restaurants und dergleichen, doch die Zeiten änderten sich. Mit über vierzig gehörte er schon zu den Älteren seiner Branche, aber nicht desto trotz nahm er Angebote an. Man weiß nichts über seine finanzielle Lage, die, so kann ich mir vorstellen, nach dem langen sinnlosen Krieg nicht die Beste gewesen sein dürfte. Den Leuten stand in den Kriegsjahren nicht der Sinn nach Belustigung, wenn in den meisten Familien Kriegsopfer zu beklagen waren. Abgesehen davon schränkte sich das Angebot an Veranstaltungen drastisch ein. Der Erste Weltkrieg hat unendliches Leid über die Menschen vieler Länder gebracht.

Wahrscheinlich trat der Riese während der Kriegszeit nur in Deutschland auf. Trotzdem belebte man die alten Festtraditionen bzw. hielt sie etwas reduziert aufrecht, denn das Leben musste ja weiter gehen. Weitere Engagements sind im Jahr 1918 im Anzeigenteil der unterschiedlichsten Zeitungen nicht zu finden, erst ab Juni 1919 tauchte der Riese, dieses Mal im Ruhrgebiet, wieder auf.

***

Engagement im Ruhrgebiet 1919

Welcher Tätigkeit der Riese zwischen September 1918 bis Juni 1919 nachgegangen ist, weiß man nicht. Vielleicht spielten private Dinge eine Rolle. Seine Mutter, bei der er ja weiterhin wohnte, benötigte wahrscheinlich seine Unterstützung, da sie schon etwas älter war. Jedenfalls bildet diese Zeit eine Lücke in seinem sonst rastlosen Leben. Erst im Juni startete er nach längerer Pause wieder zu Vorstellungen – dieses Mal im Ruhrgebiet. Inzwischen war der Riese von seiner Frau geschieden, und so trat er wieder solo auf. Die erste Station war ein Vergnügungspark in Mettmann, einer Stadt im Raum Düsseldorf.

„Doppelkonzert
Düsseldorfer Tonkünstler Orchester
und die Bayrischen Oberländer. Gesang! Tanz! Humor!
Mexikanisches Reiterleben WILD-WEST-SPIELE
Grosses Hippodrom-Reiten für Erwachsene und Kinder.
Abnormitätenschau!
u.a. PROBASTA Mann oder Weib?
Das Rätsel des 20. Jahrhunderts!
RIESE HEROLD kompl. 2,43 groß
JOSEPHI Illusionist u. Zauberkünstler!“[69]

Im November des gleichen Jahres gab der Iserlohner Kreisanzeiger ein „Grosses Programm“ im Saal des Varieté Wintergarten bekannt. Außer den Solokünstlern bot das Programm noch zwei „Schaunummern“, wobei der Riese lediglich im Bierrestaurant zu sehen war. Um zahlreichen Besuch wurde natürlich gebeten.

---

69 Mettmanner Zeitung: Donnerstag, 19.6.1919, Nr. 135, 51. Jg., S. 4
DG: UuL der Rheinischen Friedrich-Wilhelm-Universität Bonn

Wenige Zeit später hielt er sich mehrere Tage in Schwerte im Restaurant „Zum Adler“ auf, um seine Größe zu präsentieren.

Am 28. November 1919 kündigte die Schwerter Zeitung den „Riesenmenschen“ im Telegrammstil an. Man sparte nicht mit Superlativen!

„Neu! Telegramm! Neu!
Restaurant „Zum Adler“
Von Samstag, den 29. November bis Montag, den 1. Dezember
gastiert der größte Riesenmensch der Gegenwart:
Der Riese Paul Herold aus Sachsen. 2,43 groß.
Ein jeder muß ihn sehen. Montag nachmittag von 3 bis 5:
Besichtigung für Kinder.
Zum Besuch ladet höflich ein. Heinrich Keppmann“[70]

Gleich am nächsten Tag erschien in derselben Tageszeitung ein etwas ausführlicherer Artikel über unseren Riesen Paul Herold.

„Der Riese Paul Herold aus Sachsen, der anerkannt größte Mensch der Gegenwart, ist für einige Tage im Restaurant „Zum Adler“ anwesend. Herold hat bereits die ganze Welt bereist und überall das größte Aufsehen erregt. Mit 13 Jahren war er schon 1,93 Meter groß und seine eigene Bettstelle führt er ständig auf Reisen mit. Wer etwas außergewöhnliches und seltenes sehen will, beeile sich, dem „Adler“ einen Besuch abzustatten.“[71]

Auch am Samstag, den 6. Dezember erinnerte die Zeitung ihre Leserschaft mit einem Kurzinserat an des Riesen Aufenthalt in

---

70 Schwerter Zeitung: 28. November 1919, Nr. 278, 52. Jg., S. 4
DG: Westfälische Wilhelms-Universität Münster UuL

71 Ebd. 29. November 1919, Nr. 279, S. 2

Schwerte. Die Gastwirte investierten reichlich Geld für Zeitungsannoncen, denn ein Riese, noch dazu ein bekannter größter Mensch Deutschlands, kurbelte schließlich den Geschäftsbetrieb an. Paul Herold hätte bereits die ganze Welt bereist, so wird es berichtet, aber leider finden sich bis jetzt keine Anhaltspunkte für Auslandsaufenthalte. Vielleicht wollte man Aufmerksamkeit erregen und sparte nicht mit Übertreibungen. Aber wie dem auch sei, Paul Herold verstand es, sich gut zu vermarkten.

Eine Woche darauf gastierte der Riese nicht weit entfernt in der Stadt Lüdenscheid. Die Lüdenscheider Zeitung berichtete davon am 13. Dezember 1919.

„Achtung! Achtung! Telegramm!
Gasthof „Markaner"
Von Samstag, d. 13. bis Dienstag d. 16. Dezember gastiert der größte Riesenmensch der Gegenwart:
Der Riese Paul Herold aus Sachsen, komplett 2,43 m groß
Ein jeder muß ihn sehen und wird staunen!
Zum Besuch ladet ein Wilhelm Schneider."[72]

Die Texte ähneln sich, vielleicht übernahm so mancher Zeitungsredakteur vorhandene Textzeilen. Auf jeden Fall sollte die Besonderheit als Riese hervorgehoben werden. Das Publikum reagierte bestimmt neugierig und ließ sich die Sensation nicht entgehen. Bis zur Auswanderung nach Amerika im März 1921 sind keine weiteren Informationen über Paul Herold vorhanden.

***

72 Lüdenscheider Zeitung: 13. Dezember 1919, Nr. 279, 52. Jg., S. 3
DG: Westfälische Wilhelms-Universität Münster UuL

AUSWANDERUNG nach AMERIKA

Die Reise nach Amerika

Bald zog es Paul Herold aber über den großen „Teich". Wahrscheinlich lebten schon Verwandte der Herold-Familie in Amerika. Das ist aus den Passagierlisten der vergangenen Jahre zu entnehmen. Aber ob das der alleinige Grund gewesen ist, muss bezweifelt werden.
Auf Grund von Herzschwäche starb seine Mutter im Jahr 1920 im Alter von 67 Jahren. Sein Vater starb bereits im Jahr 1903. Paul Herold verlor seine Eltern schon relativ früh. Im Jahr 1921 reiste er nach Amerika, um sein Glück als Künstler und Riese zu versuchen. Vermutlich hoffte er, dass seine Frau unmittelbar folgen würde. Doch es sollte anders kommen....

Der Umbruch in Europa brachte überall Veränderungen mit sich. Nach dem ersten Weltkrieg hatten die Menschen sicherlich Sehnsucht nach Abwechslung und Vergnügungen, aber die Zeiten hatten sich geändert. Die Menschenshows mit Fantasiegestalten auf Volksfesten gehörten anscheinend der Vergangenheit an. Es entstanden Revuetheater und Kinos. Der Film begann seinen Siegeszug und das könnte auch eine Erklärung sein, weshalb der „Riese" neue Wege suchte.
Allein in Leipzig warb man in der Tageszeitung vom 2. März 1921, dem Tag der Auswanderung von Paul Herold, für unzählige Veranstaltungen wie z. B. Lindenauer Lichtspielhaus, Lichtspiele Zschocher, Luna Lichtspiele Leipzig Eutritzsch, Park Meusdorf – Größter Festsaal, Felsenkeller Große Ball-Schau Tanzorchester, Operette und vieles mehr.[73]

---

73 Leipziger Volkszeitung: Mittwoch, 2. März 1921, 28. Jg., S. 11; DG: SLUB

Schließlich musste er ja seinen Lebensunterhalt weiterhin verdienen. Arbeitslose gab es nach dem schrecklichen Weltkrieg zur Genüge. Da wollte er sich bestimmt nicht mit einreihen. Obwohl er schon 46 Jahre alt war, entschloss er sich, ein neues Leben fern der Heimat zu beginnen. Auf einer Liste, die er ausfüllen musste, wurde neben Haar- und Augenfarbe (braun), Größe usw. auch nach „Person in den USA“ gefragt.
Die Frage beantwortete er mit „Circus Dreamland“, wobei man sich vorstellen kann, dass er dort ein Arrangement ausgehandelt hatte. Aber Beweise liegen dafür zur Zeit noch nicht vor. Ich denke aber, er plante seine Karriere weiter, denn er verfügte über jahrzehntelange Erfahrungen als „Riese“ – und nun bot sich die Chance in einem Zirkus aufzutreten. Das wollte er sich nicht entgehen lassen.

Ziel der Schiffsreise war New York – Ankunft am 17. März 1921
Fotoaufnahme: New York im Jahr 2008

Seine Abreise ab Hamburg[74] erfolgte am 2. März 1921. Der Schiffsname des Dampfschiffes hieß Marylebon der Schifffahrtsgesellschaft „Great Central Railway“. In der Passagierliste stand: Ziel New York, aber er fuhr lediglich bis Southampton in England, um von da mit einem anderen Schiff weiter zu fahren. Dort ging er an Bord des Schiffes „Olympic“[75]. Die Abreise in Southampton erfolgte am 9. März 1921. Die Reise nach Amerika konnte beginnen. Die Ankunft in New York war am 17. März 1921.

Ankunft in New York – Freiheitsstatue

74 Anm.: Passagierliste im Anhang auf S. 154

75 Q.: New York, Passenger-Arrival-Lists 1892-1924, United States National Archives, Washington, D.C. bzw. Archiv London

Das Schiff Olympic

Weil das Schiff doch nicht ganz unbekannt war, denn es handelte sich um das „Schwesterschiff“ der berühmten „Titanic“, möchte ich an dieser Stelle einige nähere Details einfügen.
Die Kiellegung fand am 16. Dezember 1908 statt. Am 29. Mai wurde die Olympic fertig gestellt und am 31. Mai 1911, direkt nach dem Stapellauf der Titanic, der *White Star Line* übergeben.

Olympic – mit diesem Schiff ist der Riese über den großen Ozean nach Amerika gefahren

Am 14. Juni 1911 startete die Olympic unter dem Kommando Edward John Smith, der später die Titanic kommandierte, zu ihrer Jungfernfahrt von Southampton über Cherbourg und Queenstown nach New York. Die „Olympic“ befand sich auf der Rückreise nach Europa als sie den Notruf ihres Schwesterschiffes Titanic empfing. Zwar fuhr sie mit Höchstgeschwindigkeit in Richtung Unglücksstelle, doch war sie aufgrund der Entfernung von ca. 500 Seemeilen außer Reichweite. Während des ersten Weltkrieges diente die „Olympic“ als Truppentransportschiff. Ein besonderes Ereignis war während des Krieges datiert auf den Oktober 1914, als es unbeschädigt durch ein Minenfeld fuhr, um dem sinkenden Schlachtschiff „Audacious“ zu helfen. Nach dem Kriegsdienst wurde die Olympic wieder zum Linienschiff umgebaut. Bis 1934 war es eine erfolgreiche Zeit.[76]

***

Auswanderung nach dem 1. Weltkrieg

Amerika – der sogenannte „American Dream“ lockte viele Menschen aus Europa und anderen Kontinenten an, um ihr Glück im Land der angeblich „unbegrenzten Möglichkeiten“ zu versuchen. Schon lange bevor der Riese diesen Schritt ins Unbekannte wagte, war Amerika, besonders die U.S.A., das Sehnsuchtsland von Auswanderungswilligen. Die Passagierlisten geben Auskunft über die Herkunft der Auswanderer. Sehr viele Deutsche, Tschechen, Russen, Niederländer, Iren und andere Nationen starteten Anfang der 1920er Jahre in ein neues Leben. Die Migrationsbewegung erhöhte sich nach dem Ersten Weltkrieg, denn die politischen und wirtschaftlichen Folgen der „Urkatastrophe“ entwickelten sich derart ungewiss, dass etliche Menschen ihr Glück im Ausland versuchten, um sich eine neue Existenz aufzubauen. Amerika erschien als das Gelobte Land und viele ergriffen die Chance, in Amerika ein neues Leben anzufangen.

***

76 Anm: Literaturempfehlung: Brunner, Bernd (2017): Nach Amerika. Die Geschichte der deutschen Auswanderung

Grüße aus Californien an Familie Beyer 1921

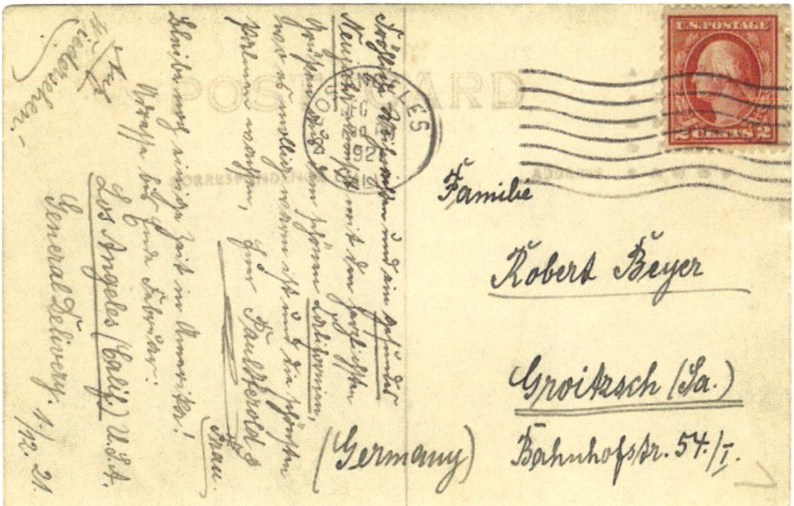

Paul Herold schrieb am 1. Dezember 1921, also nur 9 Monate seit seiner Ankunft in Amerika, eine Ansichtskarte an Familie Robert Beyer – den Eltern meiner Großmutter.

„Fröhliche Weihnachten und ein gesundes Neujahr wünscht mit den herzlichsten Grüßen aus dem schönen Californien, wo es mollig warm ist und die schönsten Palmen wachsen. Euer Paul Herold & Frau
Bleibe noch einige Zeit in Amerika! Adresse bis Ende Februar Los Angeles (Calif.) U.S.A. General Delivery
Auf Wiedersehen!“

Seine Frau war natürlich nicht persönlich anwesend, doch die Gedanken werden oft bei ihr in Leipzig gewesen sein. Er schrieb, dass er noch einige Zeit in Amerika bleiben wird.

Daraus kann man schließen, dass er Arrangements im Zirkus oder bei sonstigen Veranstaltungen hatte. Vielleicht plante er, wirklich nur diese Angebote zu nutzen und danach wieder zurück nach Europa zu kommen. Andererseits wird in einem späteren Brief erwähnt, seine Frau warte immer noch auf die Genehmigung, nach Amerika reisen zu dürfen.

USA – Kalifornien im Jahr 2008

***

Arbeit als Künstler im Zirkus

In Amerika hatte Paul Herold großen Erfolg als Phantasiegestalt in einem Zirkus. Bereits im April 1921 war er als professioneller Riese beim „Ringling Circus“[77] engagiert. Er arbeitete außerdem auf Volksfesten und in sogenannten „freak shows“. Später im schon fortgeschrittenen Alter tingelte er mit einer Gruppe, dem „Modern Miller Museum“ durch die Lande. Von 1840 bis ca. 1940 fanden hunderte solcher „Shows“ kreuz und quer durch die United States statt, von den kleinsten bis zu den größten Städten.[78] Im Gegensatz zur Form der „Menschenshows“ wie sie in Amerika bekannt waren, organisierte man in Europa eher kleinere Feste dieser Art. Im Kapitel „Jahrmärkte und Volksfeste“ nannte ich einige Vergnügungsangebote, denn der Riese trat ja während seiner Zeit in Deutschland ebenso als „seltener großer Mensch“ auf – meist in Varietés und Gasthofsälen.

***

Menschen- und Tiershows

Neben Künstlern und Artisten waren der Zirkus und die Volksfeste auch berühmt für ihre Darsteller, die sich besonders durch körperliche Merkmale auszeichneten. Dicke Frauen, „lebende Skelette“, Albinos, Siamesische Zwillinge, Zwerge, Riesen, Männer und Frauen ohne Kopf, Arme oder Unterleib und andere Seltsamkeiten. Die abgebildete Postkarte auf der nächsten Seite ist ein Beispiel für die zahlreichen Kuriositäten wie beispielsweise die „Dame ohne Unterleib“ oder „Sambo der Kan-

---

77 Anm.: Ausführlicheres z. „Ringling Circus“ (ehemals Barnum) S. 116

78 Bogdan, Robert (1988): Freak Show, Presenting Human Oddities for Amusement and Profit, Chicago 1988, S. 2

nibale“. Allerdings traten die Darsteller hier nicht im Zirkus sondern auf der Vogelwiese in Zittau auf.

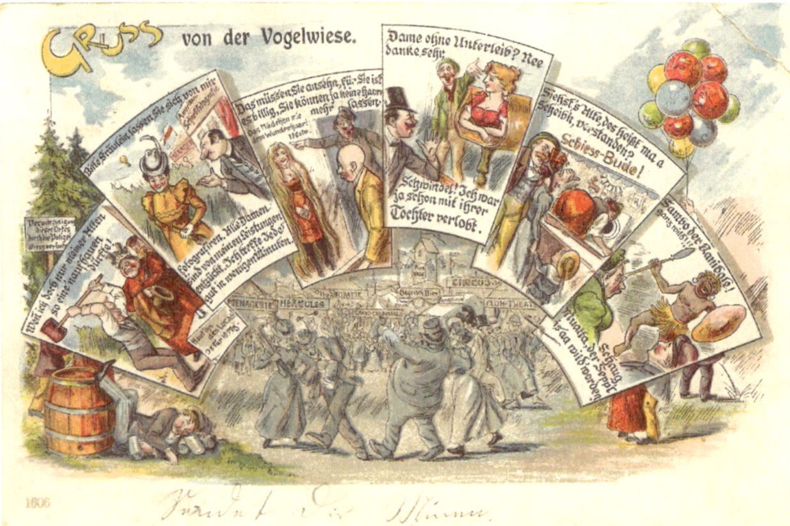

Vogelwiese in Zittau im April 1903 – mit „Freak Show Charakter“

Die Karte erhielt ein Fräulein Frieda in Niederolbersdorf bei Zittau – also nicht weit vom Festplatz entfernt. Es wurden lediglich Grüße versandt, denn die Postkarte ließ nicht viel Platz für persönliche Mitteilungen zu.

Die Beschaffung der Darsteller war dabei noch abenteuerlicher, als ihre Geschichten vermuten lassen. Zwei „wiederentdeckte Aztekenkinder“ kamen eigentlich aus einem Heim für geistig Behinderte und wurden danach wieder dorthin abgeschoben. Es gäbe noch viele Beispiele dieser Absurditäten aufzuzählen. Menschenverachtend würde man heute dazu sagen. Im nächsten Kapitel ist der Riese mit seinem Partner „Zipp“ zu sehen.

Partner "Zipp" aus dem Zirkus Barnum

Das ist die Postkarte aus Kalifornien
Dezember 1921 – vielleicht gab der Zirkus
dort ein Gastspiel

„Zipp[79] oder auch „Zip“ genannt, war angeblich ein wieder entdeckter Azteke und lebte von 1857 bis 1926. Er wurde als William Henry Johnson als eins von sechs Kindern einer Afro-Amerikanischen Familie geboren. Seine Eltern waren ehemalige Sklaven. Sein Beruf war Künstler in einer Freak-Show.

***

Geschichtliches zum Zirkus Barnum

Paul Herold begann bereits wenige Wochen nach seiner Ankunft in New York im März 1921 im berühmten Zirkus Barnum seine „Tätigkeit“. Ein kleiner Exkurs soll die Geschichte des legendären Zirkus ein wenig beleuchten.

Zirkus Barnum – Vorgeschichte:
Phineas Taylor Barnum wurde am 5. Juli 1810 in Danburry im Bundesstaat Connecticut geboren. Mit 12 Jahren investierte er 1000 $ für die Vermarktungsrechte an der angeblich 161 Jahre alten Joice Heth, die behauptete, die Amme von George Washington (1732-1799) gewesen zu sein. Die erfolgreiche Vermarktungsstrategie dieser „Sensation“ war Phineas Start ins Shobusiness. Im Jahr 1834 zog er nach New York City und übernahm im Jahr 1842 das American Museum. Es befand sich von 1842-1865 am Broadway in Manhattan. Er eröffnete sein Museum als familienfreundliche Attraktion. Es wurde beschrieben als eine Kombination aus Zoo, Museum, Wachsfigurenkabinett, Theater und Show. Er hatte angeblich bis zu 15.000 Zuschauer am Tag. Die Sammlung war eine Mischung aus Kurio-

79 Zipp wurde als William Henry Johnson 1857 in New Jersey geboren. Er trat als Künstler bei den Ringling Brothers und Barnum and Bailey auf und war Entertainer bei Coney Island. Zip the Pinhead - Wikipedia

sitätenkabinett und völkerkundlicher Ausstellung. Er präsentierte neben ausgestopften Vögeln, einen Flohzirkus, verschiedene Automaten und mechanische Figuren, aber auch „echte Menschen“ wie Kleinwüchsige und Menschen mit Albinismus, Bauchredner oder eine Zigeunerin[80], die aus der Hand las. Hauptsächliche Aufnahmekriterien waren die Seltenheit eines „Exponats“. Barnum baute es zu einem der größten Unterhaltungsspektakel des 19. Jahrhunderts aus. Als sein Museum unter mysteriösen Umständen abbrannte, verlegte er sich mehr auf das Zirkusgewerbe. Mit 60 Jahren gründete er „Phineas Taylors Barnum, Grand Travelling Museum, Menagerie, Caravan und Circus“ – zu dieser Zeit das größte Zirkusunternehmen der amerikanischen Geschichte. Im Jahr 1885 verband er sich mit James Anthony Bailey (1847-1906) zum „Barnum London Circus“. Im Jahr 1888 tourten sie durch Amerika. Im Jahr 1891 starb Barnum, aber James Bailey führte die Show zu neuen Höhepunkten – 85 Güterwagen benötigte der Tross, mehr als 1000 Mitarbeiter waren beschäftigt und es gab 5 Bühnen und Manegen. “

Der Barnum and Bailey Circus reiste um 1895 mit eigenem Sonderzug durch Europa. Von 1900 bis 1901 gab der Zirkus in Wien ein Gastspiel. Er bot damals Sitzgelegenheit für 8000 Besucher. Im Jahr 1907, James Anthony Bailey war 1906 gestorben, übernahmen die Ringling Brothers ihren größten Konkurrenten. So entstand das größte Zirkusunternehmen der Welt, der Ringling Brothers and Barnum and Bailey Circus.[81]

***

80 Anm.: Heute darf man das Wort Zigeunerin nicht mehr verwenden. Es heißt Sinti und Roma.

81 Q.: https://de.wikipedia.org/wiki/P._T._Barnum

Der Riese mit seinem Boss im Jahr 1922

Vermutlich stammt die Aufnahme aus dem Zirkus Barnum

Antrag auf Einbürgerung im Jahr 1924

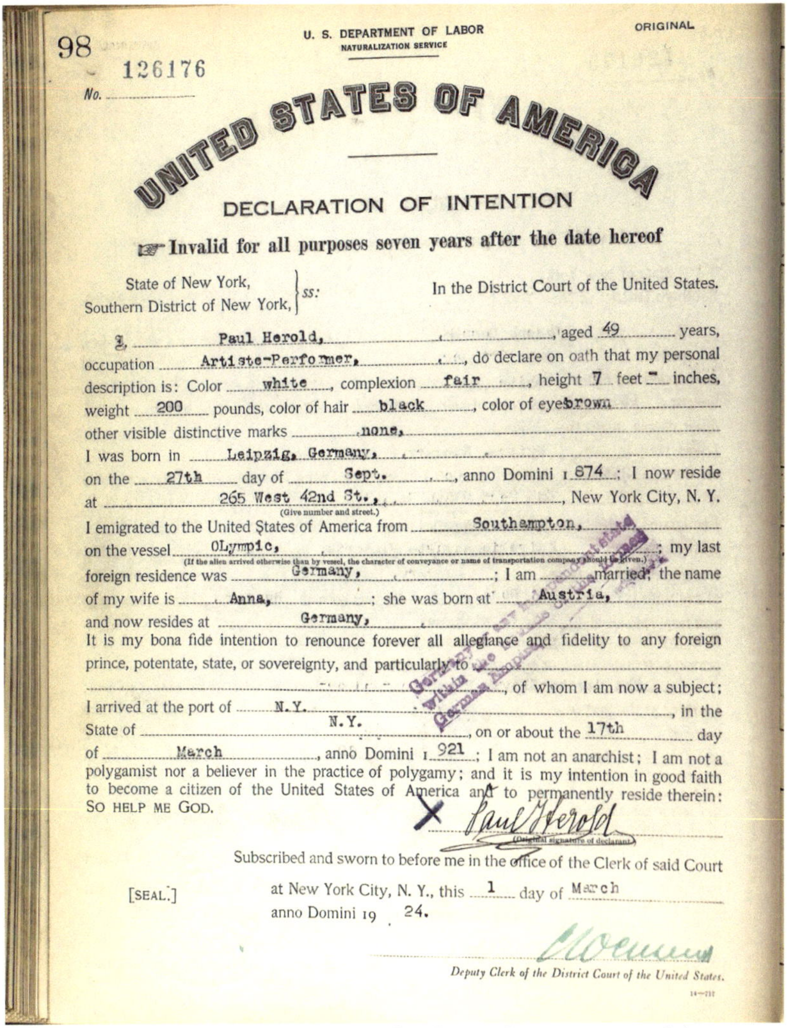

98

No. 126176

U. S. DEPARTMENT OF LABOR
NATURALIZATION SERVICE

ORIGINAL

UNITED STATES OF AMERICA

DECLARATION OF INTENTION

☞ Invalid for all purposes seven years after the date hereof

State of New York, Southern District of New York, } ss: In the District Court of the United States.

I, Paul Herold, aged 49 years, occupation Artiste-Performer, do declare on oath that my personal description is: Color white, complexion fair, height 7 feet – inches, weight 200 pounds, color of hair black, color of eyes brown other visible distinctive marks none, I was born in Leipzig, Germany, on the 27th day of Sept., anno Domini 1874; I now reside at 265 West 42nd St., (Give number and street.), New York City, N. Y.

I emigrated to the United States of America from Southampton, on the vessel OLympic, (If the alien arrived otherwise than by vessel, the character of conveyance or name of transportation company should be given.); my last foreign residence was Germany,; I am married; the name of my wife is Anna,; she was born at Austria, and now resides at Germany,

It is my bona fide intention to renounce forever all allegiance and fidelity to any foreign prince, potentate, state, or sovereignty, and particularly to ..., of whom I am now a subject; I arrived at the port of N.Y., in the State of N.Y., on or about the 17th day of March, anno Domini 1921; I am not an anarchist; I am not a polygamist nor a believer in the practice of polygamy; and it is my intention in good faith to become a citizen of the United States of America and to permanently reside therein: SO HELP ME GOD.

X Paul Herold
(Original signature of declarant.)

Subscribed and sworn to before me in the office of the Clerk of said Court at New York City, N. Y., this 1 day of March anno Domini 1924.

[SEAL.]

Deputy Clerk of the District Court of the United States.

Das ist eine Absichtserklärung für die Einbürgerung, welche er am 1. März 1924 unterschrieben hat – Quelle siehe Anhang

Post im Jahr 1924 an Verwandte in Sachsen

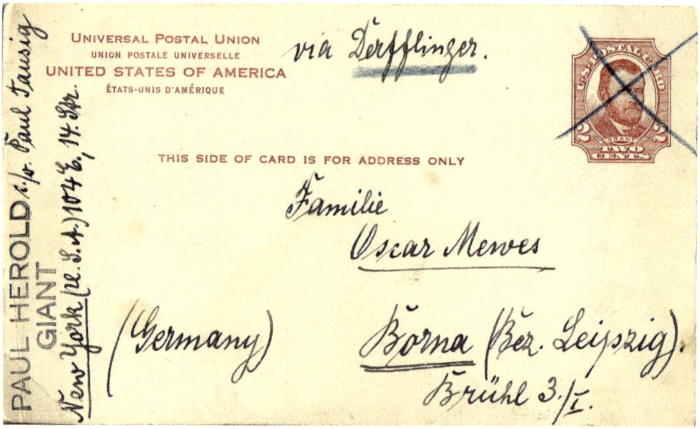

Weihnachtsgrüße von Paul Herold aus New York im Jahre 1924 an Familie Mewes. Luise Mewes geb. Voigtländer war die Schwester von Lina Beyer geb. Voigtländer (meiner Urgroßmutter), also auch eine Cousine des Riesen.

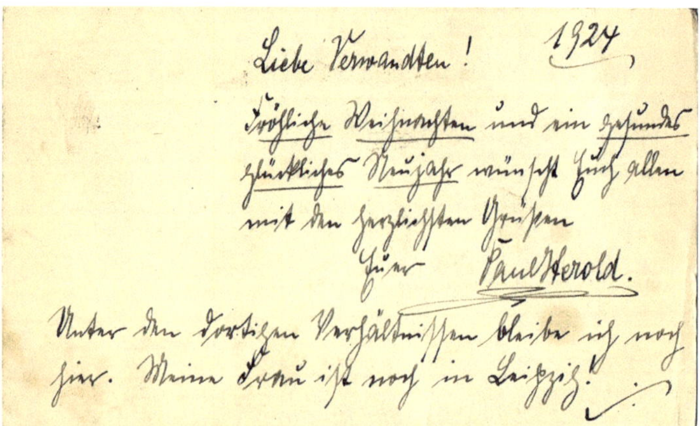

Liebe Verwandten! 1924

Fröhliche Weihnachten und ein gesundes glückliches Neujahr wünscht Euch allen mit den herzlichsten Grüßen Euer Paul Herold.

Unter den dortigen Verhältnissen bleibe ich noch hier. Meine Frau ist noch in Leipzig!

Auf der Vorderseite der Postkarte ist „PAUL HEROLD GIANT“ gestempelt – also Giant = Riese.
Er schrieb an die Verwandten in Borna folgende Zeilen[82]:

„Liebe Verwandten!
Fröhliche Weihnachten und ein gesundes glückliches Neujahr wünscht Euch allen mit den herzlichsten Grüßen
Euer Paul Herold
Unter den dortigen Verhältnissen bleibe ich noch hier. Meine Frau ist noch in Leipzig!“

Unter „dortige Verhältnisse“ meinte er sicherlich die unsichere Situation im Deutschen Reich, die von Inflation und Krisen geprägt war. Es könnte möglich gewesen sein, dass seine Verwandten ihm über die schwierige Situation geschrieben hatten.

Mein Vater vermerkte dazu in seinen zeitgeschichtlichen Niederschriften:
„Schwerwiegender, weil die Menschen unmittelbar davon betroffen waren, verlief in den Nachkriegsjahren die wirtschaftliche Entwicklung. Die kleinen Leute wurden zur Kasse gebeten und sollten zahlen, was die Großen ungefragt in ihrem Namen ausgegeben hatten. Das geschah auf denkbar einfache Weise, in dem die Währung mit ständig zunehmender Beschleunigung abgewertet wurde. Inflation nennt man dieses Verfahren zur Enteignung der Massen. Ende 1923 erreichte sie ihren Höhepunkt. Mein Vater, der inzwischen ins Zivilleben zurückgekehrt war und wieder in seinem Beruf als Buchdrucker bei der Firma Curt Opitz in Groitzsch Arbeit gefunden hatte, brachte zuletzt 18 Billionen Mark als Wochenlohn nach Hause. Das sind un-

82 Anm.: Einige Leute können diese Schrift heute nicht mehr lesen, daher die „Übersetzung“.

vorstellbare Größenordnungen, die sich wieder auf normale, menschliche Dimensionen reduzieren, wenn man die Kaufkraft als Maßstab betrachtet. Nicht die halbe Welt, sondern ein halbes Dutzend Bestecke konnte mein Vater für 18 Billionen einkaufen. In den letzten Wochen der Inflationszeit wurde der Arbeitslohn täglich ausgezahlt und es war ratsam, ihn auch täglich, bevor der neue Kurs veröffentlicht wurde, umzusetzen, wenn man nicht noch einmal einbüßen wollte. Ende 1923 war schließlich der Zeitpunkt gekommen, zu einer stabilen Währung zurückzukehren, weil mit absoluter Sicherheit von den Spargroschen der kleinen Leute nichts mehr da war. Über Nacht wurde aus einer Billion eine Rentenmark. Es lohnte sich, wieder zu arbeiten und zu sparen – bis zum nächsten Mal.“[83]

Die Inflation ist zwar überstanden, eine neue Währung eingesetzt, jedoch musste sich die Wirtschaft erst wieder stabilisieren. Eigentlich handelte es sich in der Weimarer Republik um eine Scheinstabilität.
Meine Großeltern warteten mit der Hochzeit bis sich die wirtschaftliche Lage gebessert hatte. Ursprünglich wollten sie schon Anfang der 1920er Jahre heiraten, aber sie verschoben die Hochzeit auf den August 1925. Unter diesen Umständen wollte Paul Herold nicht zurück nach Deutschland, wie er seinen Verwandten mitteilte. In Amerika sah es sicherlich in wirtschaftlicher Hinsicht nicht rosig aus, doch die „Große Depression“ wie sich die Weltwirtschaftskrise Ende 1929 nannte, stand noch bevor – was er Weihnachten 1924 nicht ahnen konnte.

83 Hüfner, Hans (1995): Zeitgeschichte aus der Froschperspektive, Teil I, S. 32 f. sowie eine Seite der Leipziger Zeitung Nr. 329

Neue Leipziger Zeitung — Nr. 329

Leipzig, die teuerste Stadt

Lebensmittelpreise in deutschen Städten

	Leipzig	Frankfurt	Berlin	Dresden	Hamburg	Hannover	Karlsruhe	Kassel	München	Würzburg
Es kosteten am 20. 11. 1923: Pfund in Milliarden Mark										
Margarine	1400	550—564	600	—	600	1000	650	570	900	510
Schmalz	2300	690—720	700	—	1560	1600	650	690	1300	810
Butter	3200	1980—3200	15—1600	—	—	2000	1200	980	2200	1500
Kartoffeln	36	27—44	24	—	54	—	24	—	45	25
Eier (Stück)	300	210—220	300	—	280	450	350	—	—	40
Weiße Bohnen	—	186	204—280	—	54	400	360	180	300	—
Weizenmehl	870	156	180—200	—	36	160	—	129	200	200
Rindfleisch	2100	800—1000	—	—	1260	1000	1020	950	800	800
Weißkraut	120	7—8	35	—	48	—	120	52	20	50
Birnen	500	105—180	500	—	600	300	200	120	300	80
Aepfel	500	120—220	480	—	500	400	200	100	400	—

Schon der erste Blick auf die Tabelle besagt, daß die Preisunterschiede außerordentlich groß sind. Weiter beweist die Tabelle, daß wir in Leipzig sehr hohe Preise für Lebensmittel zahlen müssen. Besonders kraß tritt dies bei Margarine, Schmalz und Butter in Erscheinung, die in unserer Stadt zwei- und dreimal so viel wie in Würzburg kosten. Aber nicht allein die Großstadt Hamburg, sondern das nur ein paar Meilen entfernte Berlin konnte die genannten Waren um weniger als die Hälfte abgeben. Das Fleisch war am Stichtag in allen Städten billiger als in Leipzig. Der Preis von 7—8 Milliarden für Wei[...] der in Frankfurt a. M. gefordert [...] steht in gar keinem Verhältnis zu den h[...] Notierungen, die rund fünzehnmal h[...] lagen. Die Frachtspesen, die für Leip[...] Frage kommen, sind anderswo auch nicht[...] riger, keineswegs aber in dem Maße, d[...] Preisspitzen derart differieren dürften. [...] Unterschiede sind so ungeheuerlich, [...] Pflicht des Großhandels, des K[...]

handels und der Behörde wäre, den Ursachen nachzugehen. Es muß festgestellt werden, warum der Verbraucher in Leipzig das Doppelte, Drei-, Vier-, ja Zehnfache (siehe Weizenmehl in Hamburg) zahlen muß als der Konsument in anderen Städten. Der Handel selbst hat das größte Interesse daran, den Ursachen dieser ganz ungewöhnlichen Teuerung auf dem Leipziger Lebensmittelmarkte nachzugehen, und für die Behörden dürfte es nützlich sein, zu ergründen, mit welchen Mitteln sich andere Städte gegen eine Ueberteuerung schützen, an die man sich in Leipzig anscheinend

Lohn ... Hüfner ... M. 2 112 000
" —
M. 2 112 000

Gesetzlicher Steuerabzug ... M. 210 000
Kranken- und Invaliditäts-Versicherung " 86 500
... Unterstunden (à Stunde M. ...) "
... "
M. 1 815 500 000

... Überstunden (à Stunde M. ...) M. ...

Lohnbescheinigung meines Vaters,
hier über 1, 815 500 Billionen Mark.

Im November 1923 betrug sein
Wochenlohn 18 Billionen Mark !

***

Brief aus Buffalo an Lina Beyer 1927

Anscheinend hat Paul Herold immer im Dezember an seine Verwandten in Sachsen geschrieben. Jedenfalls datieren alle noch vorhandenen Schriftstücke aus diesem Monat. Weihnachtsgrüße zu versenden war schließlich ein Anlass, um an die Verwandtschaft in der Heimat Sachsen zu denken. Im Brief vom 15. Dezember 1927 schilderte er seine momentane Situation etwas ausführlicher, wobei wir einen kleinen Eindruck aus dieser Zeit erhalten. Mittlerweile hatte er seinen Wohnsitz nach Buffalo im Bundesstaat New York verlegt. Sein Briefpapier stammte aus dem Hotel „Corona", wo er vermutlich wohnte. Die Stadt schien sehr schön zu sein, denn auf einer Postkarte schwärmte eine unbekannte Person, allerdings auf englisch, über die vielen schönen Häuser, wunderschönen öffentlichen Gebäude, Parks und vieles mehr.
Der Riese schrieb an meine Urgroßmutter Anna Lina Beyer, geb. Voigtländer einen längeren Brief, wie sehr er doch den guten Hauswein der Familie vermissen würde. Es war die Zeit der Alkoholsperre, welche von 1919 bis 1930 dauerte.

Zur gleichen Zeit, also im Dezember 1927, erhielt ein Ehepaar aus Klotzsche bei Dresden von einer befreundeten Familie eine Postkarte aus Buffalo. Zufällig fand ich diese lesenswerte Karte im Internet, die ich an dieser Stelle mit einfüge. Das abgebildete Gebäude, ein Hotel, ist tatsächlich beeindruckend. Eine Bemerkung des Absenders auf der Vorderansicht:

„In diesem Hotel arbeitet mein Sohn"

Der weitere Kartentext ist auf der folgenden Seite zu lesen.

„Buffalo, d. 7.12.27
Mein lieber Herr T. und Familie! Will nicht versäumen, auch Ihnen zu gedenken im fernen Lande. Die Herreise ist gut überstanden. Auch hatten wir noch Zeit uns noch New York etwas anzusehen, dann die lange Eisenbahnfahrt, wurde jedoch nicht langweilig. Und dann ein frohes Wiedersehen von Kindern und Enkeln teils nach fünfzehnjähriger Trennung. Doch über alles Gesehene und Erlebte mündlich.....“

Karte aus Buffalo nach Klotzsche bei Dresden

Wenn man fünfzehn Jahre zurückrechnet, müsste der Sohn im Jahr 1912 nach Amerika ausgewandert sein. Vielleicht war er sogar Passagier auf der Titanic, die ja bekanntlich im April 1912 auf der Überfahrt durch eine Kollision mit einem Eisberg im Meer versank. Rein spekulativ – aber es könnte durchaus möglich gewesen sein.
Nun aber der Brief vom Riesen an seine sächsische Cousine:

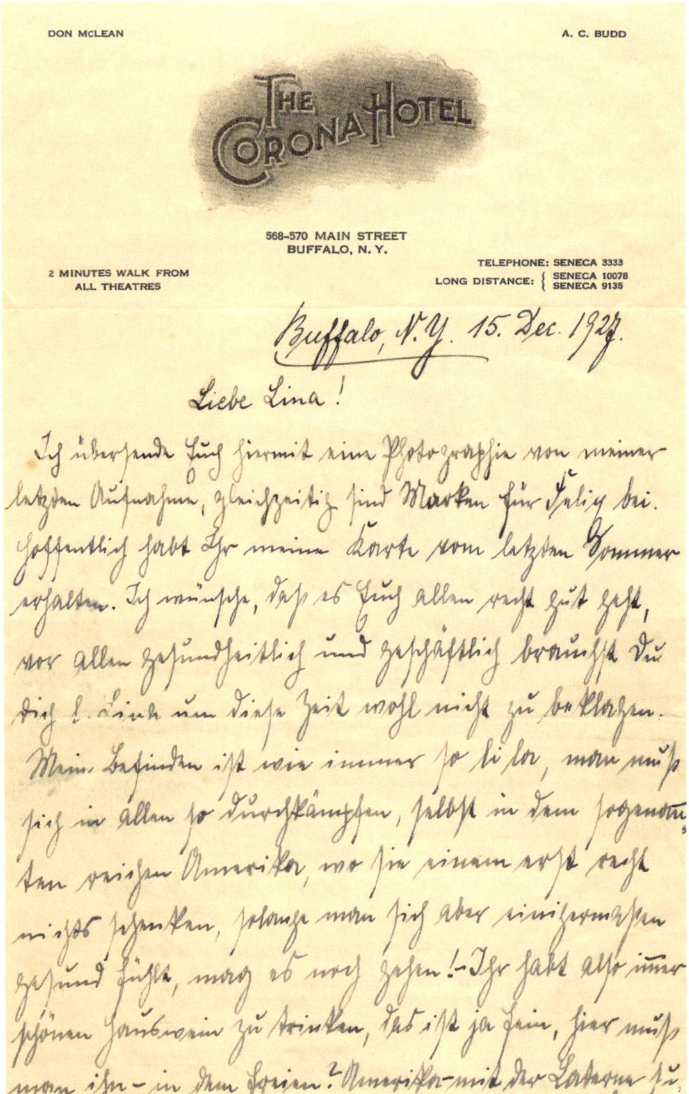

DON McLEAN A. C. BUDD

THE CORONA HOTEL

568-570 MAIN STREET
BUFFALO, N. Y.

2 MINUTES WALK FROM
ALL THEATRES

TELEPHONE: SENECA 3333
LONG DISTANCE: { SENECA 10078 / SENECA 9135

Buffalo, N.Y. 15. Dec. 1927.

Liebe Lina!

Ich übersende Euch hiermit eine Photographie von meiner letzten Aufnahme, gleichzeitig sind Marken für Felix bei. Hoffentlich habt Ihr meine Karte vom letzten Sommer erhalten. Ich wünsche, daß es Euch allen recht gut geht, vor allem gesundheitlich und geschäftlich brauchst Du dich l. Lina um diese Zeit wohl nicht zu beklagen. Mein Befinden ist wie immer so li la, man muß sich in allem so durchkämpfen, selbst in dem sogenannten reichen Amerika, wo sie einem auch recht nichts schenken, solange man sich aber einigermaßen gesund fühlt, mag es noch gehen! – Ihr habt also einen schönen Hauswein zu trinken, das ist ja fein, hier muß man ihn – in dem freien? Amerika – mit der Laterne suchen!

„Buffalo, N.Y. 15. Dec. 1927

Liebe Lina!
Ich übersende Euch hiermit eine Photographie von meiner letzten Aufnahme, gleichzeitig sind Marken für Felix[84] *bei. Hoffentlich habt Ihr meine Karte vom letzten Sommer erhalten. Ich wünsche, daß es Euch allen recht gut geht, vor allem gesundheitlich und geschäftlich brauchst Du Dich liebe Lina wohl nicht beklagen. Mein Befinden ist wie immer so la la man muß sich in allem so durchkämpfen, selbst in dem sogenannten reichen Amerika, wo sie einem erst recht nichts schenken, solange man sich aber einigermaßen gesund fühlt, mag es noch gehen! Ihr habt also immer schönen Hauswein zu trinken, das ist ja fein, hier muß man ihn – in dem freien? Amerika – mit der Laterne suchen. Emma kommt als Witwe also schön aus – na, das ist ihr auch zu gönnen. Ist denn Onkel Karl nun verheiratet? – Meine Frau ist leider immer noch nicht hier, da sie zur österreichischen Quote gehört, muß sie so lange warten, trotzdem es bald 4 Jahre her ist, daß sie sich angemeldet hat. Sollte es noch viel länger dauern, so werde ich wohl wieder zurückreisen! Wünsche Euch nun allen ein recht gutes, gesundes, neues Jahr, in diesem Sinne grüße ich Euch alle recht herzlich. Euer Paul Herold*

c./o. Paul Tausig & Son
New York City, U.S.A. 565 – J. Avenue

PS. Felix ist wohl noch zu Hause?"

---

84 Anm.: Felix *1909 – 1942 war der jüngste Bruder meiner Großmutter Johanna Hüfner geb. Beyer.

Paul Herold interessierte sich für die Familie, obwohl sie sich vermutlich selten gesehen haben. Seine Cousinen Anna Lina und Luise kannte er persönlich, das ist soweit klar. Ob meine Großmutter Johanna Beyer ihn auch kennenlernte, ist allerdings nicht gewiss. Aber sie gab die Erinnerungen ihrer Mutter Anna Lina weiter an ihre Nachfahren, so dass der Riese auch bei späteren Generationen Gesprächsthema war und Neugier auf „mehr" weckte.
Für den jüngsten Sohn Felix der Familie Beyer schickte er Briefmarken mit – man kann sich vorstellen, dass in diesen Jahren und noch dazu in einer Kleinstadt kaum jemand Briefe aus Amerika erhalten hatte. Für ausländische Briefmarken

Borna ca. 1920 (von links): Luise Mewes geb. Voigtländer, ihr Kind und Lina Beyer geb. Voigtländer

interessierten sich auch damals Kinder und Jugendliche – heute ist dieses Hobby bei den meisten eine völlige Nebensache. Briefmarken sammeln ist nicht mehr „in".
Aus seinen Zeilen liest man eindeutig die Heimatverbundenheit sowie die kritische Haltung gegenüber dem sonst so gelobten Amerika heraus. Er sah es nun mit eigenen Augen, vielleicht hatte er vor seiner Auswanderung auch eine andere Vorstellung vom dortigen Leben. Das freiheitliche Amerika wird von ihm mit einem Fragezeichen versehen. So frei und verlockend wie es den Auswanderern aus der Ferne erschien, so ernüchternd wird die Realität gewesen sein. Er beschreibt sein momentanes Befinden als so „la la", was soviel heißt: man schlägt sich eben so gut es geht durch. Vermutlich ist er ein bescheidener und zufriedener Mensch gewesen, sonst hätte er längst sprichwörtlich „die Flinte ins Korn geworfen".

Immer noch wartete er auf seine Frau, die, wie er schreibt, zur österreichischen Quote gehört. Vermutlich lag der Grund woanders, denn wie sich inzwischen heraus gestellt hat, waren sie kein Ehepaar mehr. Inwiefern das bei den Ämtern bekannt war, weiß man nicht. Das digitale Zeitalter lag noch in weiter Ferne, alle Daten hielt man handschriftlich fest, vielleicht schon mit einer mechanischen Schreibmaschine. Die Kommunikation zwischen den Behörden funktionierte sicherlich, denn warum sonst wurde ihr die Einreise nach Amerika nicht genehmigt. Einmal noch kehrte er in die Heimat zurück, ich denke, er wohnte während dieses Besuchs in Leipzig in der Kochstraße. Dazu ausführlicher im folgenden Kapitel.
Wahrscheinlich schrieb er an mehrere Verwandte. Die Verwandtschaft antwortete ihm garantiert, denn woher sonst wüsste er über Cousine Emma´s Familienverhältnisse Bescheid? In der Familie meines Vaters nannte man ihn nur „den Riesen aus

Amerika“. Insgesamt waren die Zeiten schlechter geworden, der Existenzkampf wurde schwieriger, so seine Worte. Seit dieser Zeit hörte man nichts mehr von ihm. Allerdings könnte es sein, dass weitere Post von der Verwandtschaft nicht aufbewahrt wurde oder in den Wirren der Zeiten verloren gegangen ist. Aber das stimmt nicht so ganz, denn aus dem Jahr 1932/33 gibt es noch ein Foto von ihm mit dem Modern Miller Museum[85]. An wen der Riese dieses Foto sandte, ist nicht bekannt. Bekannt ist allerdings, dass das Foto zuletzt ein Verwandter von mir besaß, nämlich der jüngste Bruder meines Vaters. Ich berichtete ihm im März dieses Jahres telefonisch über mein Buchprojekt und innerhalb weniger Tage erhielt ich jenes Foto, obwohl mein Onkel zu diesem Zeitpunkt schon so krank war, dass er sich kaum im Haus fortbewegen konnte. Mir ist heute noch nicht klar, wie schnell er dieses Foto im Haus fand. Zwei Wochen später ist er verstorben und das Bild wäre für immer verloren gewesen.
Dazu ausführlicher im Kapitel „Wie ging es mit dem Riesen weiter“. Die Gestalt des Riesen war aber noch lange in der Erinnerung unserer Familie präsent. Der jüngste Bruder meines Vaters wuchs extrem schnell und meine Großmutter befürchtete, dass er ebenfalls ein Riese werden könnte. Diese Vermutung hat sich aber nicht bestätigt. Es gibt noch einige schöne Fotos und so lebt der berühmte Mann weiter fort in der Erinnerung der Nachfahren.

***

85 Anm.: Das Foto ist auf Seite 135 abgebildet.

Aktivitäten im Jahr 1928

Der Riese Paul Herold befand sich zwar seit nunmehr sieben Jahren in Amerika, aber in Deutschland war er immer noch bekannt, denn eine Zeitschrift berichtete über seine Aktivitäten sowie allgemein über das Schaugeschäft.

„Paul Herold, Riese, ist zur Zeit bei Fred la Reines Abnormitäten-Schau engagiert, welche in Loewes Vaudeville Circuit als Reklamenummer in den jeweiligen Programmen auftritt.
Diese Schaus, mit etwa zehn Personen, sind sozusagen an den Varietés eine Neuheit, namentlich, wenn sie wie hier, als besondere Attraktion eine Person – halb Mann, halb Weib – dabei haben. Herr La Reine hat infolge des großen Erfolges eine zweite Schau zusammengestellt. Außerdem existieren noch drei bis vier solche Akte. Abnormitäten bekommt man ja hier in den Zirkus Side Shows, reisenden Karnevalschaugeschäften, in Sommerparks usw. in Masse zu sehen. Das bessere Varietépublikum meidet aber vielfach solche Geschäfte, warum – nun das sei dahingestellt. Aber in einem Varietéprogramm wirkt so eine Schau, wenn sie speziell in einem vorteilhaften Rahmen aus- und vorgeführt wird, sehr faszinierend auf das Publikum, was auch der gute Besuch beweist. Die Theater verzeichnen Einnahmen wie oft bei den größten Stars. Natürlich die Reklamemühle darf nicht schlafen dabei, Kinoaufnahmen, Bilder in den Zeitungen, Straßenreklame und so weiter tragen viel zum Erfolg bei.“[86]

***

86 Stiftung Stadtmuseum Berlin: Zeitschrift „Programm“ vom 11.3.1928

Besuch in Europa 1928/29

Ich war immer der Meinung, der Riese wäre nie mehr nach Europa gereist, aber die Passagierlisten geben Auskunft über die Aktivitäten von Paul Herold. Wahrscheinlich besuchte er seine geschiedene Frau in Leipzig, aber darüber gibt es keine Dokumente. Am 13. Dezember reiste er von New York nach England. Über die Weiterreise ist nichts bekannt, aber die könnte ebenfalls per Schiff bis Hamburg gewesen sein. Vermutlich reiste er seit seiner Auswanderung das erste Mal wieder nach Europa – und so wie die Aktenlage aussagt – auch das letzte Mal. Man kann sich vorstellen, dass er vielleicht auch die Verwandten in Groitzsch und Borna besucht hat. Vielleicht findet sich noch eine Anmerkung in einer Tageszeitung, denn unser Verwandter Paul Herold war eine „Erscheinung" und ein Gast aus Amerika kam auch nicht alle Tage vor.

Die Rückreise erfolgte am 8. März 1929 von London aus mit der „AMERICAN LINE" – eine wahrscheinlich regelmäßig fahrende Schiffslinie. Die Ankunft in New York erfolgte 10 Tage später am 18. März 1929.

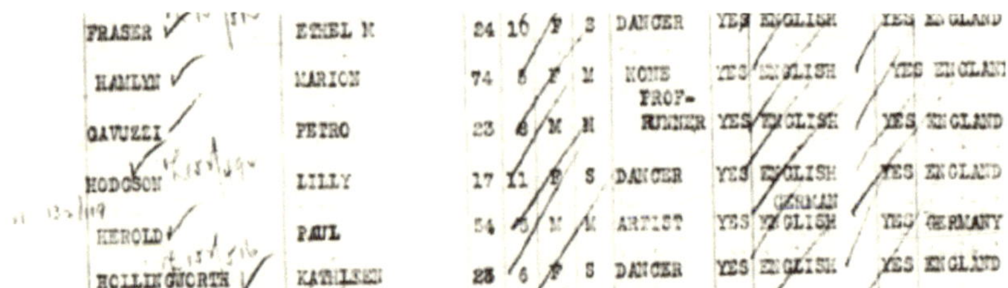

FRASER	ETHEL M	24	16	F	S	DANCER	YES	ENGLISH	YES	ENGLAND
HAMLYN	MARION	74	8	F	M	NONE	YES	ENGLISH	YES	ENGLAND
GAVUZZI	PETRO	23	[illegible]	M	M	PROF-RUNNER	YES	ENGLISH	YES	ENGLAND
HODGSON	LILLY	17	11	[illegible]	S	DANCER	YES	ENGLISH	YES	ENGLAND
HEROLD	PAUL	54	[illegible]	M	[illegible]	ARTIST	YES	GERMAN ENGLISH	YES	GERMANY
HOLLINGWORTH	KATHLEEN	28	6	F	S	DANCER	YES	ENGLISH	YES	ENGLAND

Auszug aus der Passagierliste vom 8. März 1929
Aus der Liste ist ersichtlich, dass er in London im Royal Hotel übernachtet hat. Q.: The National Archives, London, England

Das Schiff hieß American Trader. Die Zusatzinformationen zur Passagierliste geben Auskunft über verschiedene Eckdaten, so auch das Endziel. Es war New York.

Nachdem er sich 1927 in Buffalo aufhielt, wie lange ist ungewiss, wohnte er im Jahr 1929 in New York City. Spätere Stationen in seinem Künstlerleben waren New Orleans, Texas und Chicago, worauf das folgende Kapitel näher eingeht.

***

Wie ging es mit dem Riesen weiter?

Nach 1929 sind die Daten spärlich und auch nicht gesichert. Es wird vermutet, dass Paul Herold während der Weltausstellung in Chicaco 1933 aufgetreten ist. Sechs Jahre später hielt er sich immer noch in dieser Stadt auf. Es könnte möglich gewesen sein, dass er Chicago als festen Wohnort wählte. Ob die Geschäfte nun noch gut liefen, ist leider nicht bekannt.

Nachdem er im Jahr 1927 in Buffalo New York auftrat, ging er im darauf folgenden Jahr nach New Orleans im Bundesstaat Louisiana, um in der Show

„A Night at Coney Island“

aufzutreten. Diese Information ist insofern widersprüchlich, weil Coney Island eine Halbinsel und ein Stadtteil im Süden des Stadtbezirks Brooklyn in New York City an der Altlantikküste ist. Diese Halbinsel wurde durch die großen Vergnügungsparks bekannt. Zwischen 1903 bis 1946 gab es dort einen Lunapark – also einen Vergnügungspark. Trotz verschiedener Anstrengungen musste man während der „Großen Depression“ im Mai 1933 Konkurs anmelden. Das erklärt vielleicht die Verlegung in einen anderen Bundesstaat.

Aus dem Jahr 1936 ist aus einem Sozialversicherungsindex die Namensänderung Ernest Paul Herold zu entnehmen.

In den Jahren 1932 und 1933 tourte Paul Herold mit dem

„Miller Modern Museum“

durch die USA und im Juni 1933 war er auch auf der Weltausstellung in Chicago/Illinois zu sehen.

Originalfoto mit seiner Unterschrift

Das ist die Künstlertruppe und Paul Herold thront hinten in seiner ganzen Größe. Er ist mittlerweile 59 Jahre alt und immer noch gut im Geschäft. Das Foto schickte er im Brief nach Deutschland – an wen ist allerdings nicht mehr herauszufinden. Jedenfalls ist es im Besitz der Familie, denn dass es noch vorhanden ist, habe ich aufmerksamen Menschen zu verdanken.

***

Kontakt mit Berlin

Paul Herold schrieb im Juli 1935 eine Postkarte nach Berlin-Charlottenburg. Inhaltlich kann man vermuten, dass es sich um künstlerische Angelegenheiten handeln könnte. Er war sehr schreibfreudig, nicht nur mit der Verwandtschaft, denn er hielt zahlreiche Kontakte aufrecht. Diese Karte mit der Ansicht von ihm mit seinem Kompagnon Arthur Leithold ist zum jetzigen Zeitpunkt das letzte Lebenszeichen von ihm.

Postkarte von Paul Herold an Herrn Dr. Erwin Reiche[87]

87 Stadtmuseum Berlin: Rückseite der Ansichtspostkarte der Lübecker Lichtdruckanstalt Schmidt & Gebr. Böttcher (Hersteller), unbekannter Fotograf „Riese Paul Herold aus Leipzig und sein früherer Reisebegleiter Arthur Leithold komplett 2,43 m groß“, New York 4.07.1935, Lichtdruck, 13,60 cm x 8,50 cm, Inv.-Nr.: SM 2024-01661, © Stiftung Stadtmuseum Berlin

Ansichtskarte von Paul Herold an Dr. Erwin Reiche in Berlin[88]

88 Ebd. Stiftung Stadtmuseum Berlin

Die Zeitschrift „Programm“ berichtet

Obwohl der Riese schon einige Jahre in Amerika lebte, schrieben deutsche Zeitschriften weiter über seinen Lebensweg. Im Jahr 1928 besuchte er noch einmal Europa. Es ist schon erstaunlich, dass das Interesse an seiner Person immer noch vorhanden war und es Sammler gab, die diese Zeitungsartikel sorgfältig ausschnitten und aufbewahrten.

Wenn auch die Informationen nicht mehr der Realität entsprachen, denn der Riese und seine Frau waren längst geschiedene Leute. Aber die Journalisten meinten, ihre Leserschaft über die persönlichen Verhältnisse von Paul Herold zu unterrichten – wie der folgende Zeitungsausschnitt beweist.

„Der Riese Paul Herold aus Leipzig konnte am 27. Sept. seinen Geburtstag und am 29. Aug. seine silberne Hochzeit feiern. Leider nicht zusammen mit seiner Frau, die in Leipzig wohnt, und er selbst weilt seit 15½ Jahren in Nordamerika. Herold kam mit jungen Jahren auf Reisen. Sein erstes Engagement begann am 8. Mai 1893 in Altenburg (Sa.) mit Paul Schütze, Panoptikum und Liliputaner. Herold hat drei Erdteile bereist, Europa (12 Staaten), Nordamerika (inkl. Kanada). Er betätigte sich bei verschiedenen Schaustellern, Impresarien, Museums und in diversen Akten in Varietees und Zirkussen. Zur Zeit ist er in Texas (USA) bei einem großen Karnivalunternehmen.“[89]

Mit diesem Zeitungsbericht endet der derzeitige Wissensstand über seine vielfältigen Auftritte und Aktivitäten. Nur wenige

89 Stiftung Stadtmuseum Berlin: Zeitschrift „Programm“ vom 31.10.1936, S. 17; Karnivalunternehmen druckte man in dieser Schreibweise ab. Im Text wird der Begriff „Liliputaner“ noch benutzt.

außergewöhnliche Menschen erreichten so ein hohes Alter wie unser Riese. Und vor allem ist zu bemerken, dass er praktisch durchgehend von 1893 bis 1936 ein Künstlerleben führte, vielleicht ein mitunter anstrengendes, aber bestimmt auch erfülltes Leben – das sind mehr als vierzig Jahre .

Dieses Bild sandte er im Jahr 1927 an die Familie in Sachsen.

***

Darstellungen der verschiedensten Art zeigten das „Übermenschliche“ des Riesen Paul Herold

Aller Wahrscheinlichkeit nach hielt sich Paul Herold bereits seit 1933 in Chicago auf. Ob er überhaupt jemals in einer eigenen Wohnung lebte, ist bis jetzt unklar geblieben. Meist gab er als Absender eine Adresse oder Postfach an oder er wohnte im Hotel.

Es blieben ihm nur noch wenige Jahre, denn 1933 war er schon 59 Jahre alt. Leider gibt es zum jetzigen Zeitpunkt keine weiteren Lebensdaten für die Zeit ab 1936 bis zu seinem Tod.

Er starb am 5. August 1939 im Alter von fast 65 Jahren im League Hospital – Liga Krankenhaus – in Chicago, Kreis Cook, Bundesstaat Illinois.[90]

***

---

90 Q.: Ancestry – Sammlung Landkreis Cook, Illinois, Sterbeindex 1908-1988

Seine Frau in Leipzig

Wie Paul in den 1920er Jahren in seinen Briefen nach Sachsen berichtete, wartete er jahrelang auf seine Frau, nicht Ehefrau, und hoffte immer auf ein Wiedersehen. Bisher war es unbekannt, ob sie nun doch noch nach Amerika ausreisen konnte. Aber die Recherche in Leipziger Adressbüchern ergab zwar neue, aber gleichzeitig ernüchternde Erkenntnisse.

Nachdem Pauls Mutter Emilie Ernestine Herold 1920 gestorben war und Paul im Jahr 1921 nach Amerika auswanderte, wohnte seine Frau weiterhin in der Wohnung im Leipziger Süden in der Kochstraße 14. Paul Herold war bis zu seinem Tod 1939 in den Leipziger Adressbüchern in all den Jahren als Artist eingetragen.

Das ist eine Ansichtskarte aus dem Wohnviertel im Jahr 1926

Wahrscheinlich war er immer noch als Bürger von Leipzig gemeldet, sonst wäre ein Eintrag nicht möglich gewesen. Im Adressbuch von 1940, man muss dazu sagen, nicht in jedem Jahr gab es ein Adressbuch, aber 1940 konnte man dann den folgenden Eintrag lesen:

Aenni Herold, Wtwe., Kochstraße 14

Es ist etwas verwunderlich, dass im Adressbuch der Status „Witwe" eingetragen wurde, obwohl die beiden ja gar nicht mehr verheiratet waren. Aber die Wege der Bürokratie sind unergründlich. Von den Jahren 1941 und 1942 existiert kein Adressbuch bzw. ist keins digital vorhanden, so dass es erst im Jahr 1943 wieder einen Eintrag ihres Namens gibt. Allerdings ist sie inzwischen in die Lorenzstraße 1 im Osten von Leipzig umgezogen. Dort wohnte sie im Parterre. Im Jahr 1949, es ist das letzte Adressbuch von Leipzig, ist Aenni Herold immer noch in der Lorenzstraße eingetragen. Also blieb das Haus von den Kriegszerstörungen verschont. Nach 1949 enden die Informationen. Sie hat also Jahrzehnte in Leipzig gewohnt, in ihre ursprüngliche Heimat nach Österreich ist sie vermutlich nie mehr zurück gekehrt.

Es drängt sich einen schon die Frage auf, warum Paul Herold nicht wieder nach Europa zurück gekommen ist. Das Leben von Aenni Herold, so stelle ich mir vor, war bestimmt nicht einfach. Nach knapp siebenjähriger Ehe wanderte ihr Mann nach Amerika mit der Hoffnung auf ein besseres Leben aus. Postalisch blieben sie garantiert in Verbindung und es wäre sehr interessant, diese Briefe zu lesen. Aenni oder Anna, wie sie im letzten Adressbuch genannt wurde, blieb (vermutlich) jahrelang allein und schließlich wandelte sich ihr Strohwitwendasein in ein reales Witwenleben. So ganz genau feststellbar ist das allerdings nicht. So weit bekannt, lebte sie nach seinem Tod noch mindestens zehn weitere Jahre bis 1949. Gern möchte man mehr über ihr Leben erfahren, aber das herauszufinden, stellt keine leichte Aufgabe dar. Aber wer weiß, vielleicht gelingt es doch noch, neue Erkenntnisse zu erlangen.

***

Nachbemerkung

Als ich anfing, über den Riesen zu forschen, fand ich viele widersprüchliche Daten zu seiner Größe. Außerdem war lange Zeit unbekannt, in welchen Orten bzw. auf welchen Festen er als „Riese“ auftrat. Mittlerweile hat sich ein genaueres Bild ergeben, welches immer noch lückenhaft ist, aber es zeichnete sich deutlich ab, welches rastlose Leben er führte – anfangs als Junggeselle mit anderen skurrilen Künstlern, später gemeinsam mit seiner Frau und die letzten 18 Jahre als Artist in Amerika.
Sein Leben kann man in etwa drei Abschnitte einteilen:
Kindheit, Jugend und junger Erwachsener, dann seine Laufbahn als Riese zusammen mit seiner Frau und der letzte Abschnitt teilweise wieder als Soloartist in ganz Deutschland und schließlich sein Aufenthalt oder man kann schon sagen ständiger Aufenthalt in Amerika.

Um die Jahrhundertwende trat er in interessanten Städten wie Berlin, Hamburg oder Dresden auf. Offensichtlich genoss er den Trubel der Großstädte, denn es herrschten die Gründerjahre mit rasantem Wachstum auf allen Gebieten. Die Cafés, Kneipen und Varietés schossen wie Pilze aus dem Boden und boten reichlich Betätigung für die unterschiedlichsten Künstler. An Publikum mangelte es wahrscheinlich nicht, denn gern nutzten die Leute diese Veranstaltungsangebote als kurzweilige Ablenkung vom oft langen Arbeitsalltag.

Ich hatte allerdings den Eindruck, dass die Zeit seit seiner Hochzeit im Jahr 1911 bis zur Auswanderung im Jahr 1921 die glücklichere Zeit seines Lebens gewesen sein könnte. Er war noch relativ jung und seine Erscheinung muss wahrscheinlich stets Aufsehen erregt haben. Dazu seine „kleine“ Frau. Die verschiedenen Feste, Jahrmärkte und sonstigen Vergnügungsveranstaltungen boten ein wenig Abwechslung im meist ärmlichen Alltag der einfachen Leute. Wohin genau er zu seinen künstlerischen Vorstellungen überall hinreiste, wird niemals vollständig erforscht werden können. Doch ich habe festgestellt, dass er sehr oft durch Nordrhein-Westfalen und Sachsen reiste – und wenn der Ort noch so klein und unbedeutend war. Und er trat zumindest in Sachsen stets mit seiner Frau zusammen auf. Nach Amerika durfte sie nicht ausreisen – doch welche Gründe ihn bewogen hatten, nach seinem Besuch in Deutschland Ende der 1920er Jahre wieder nach Amerika zurück zu kehren, wird wahrscheinlich für immer ein Geheimnis bleiben. Vielleicht gab er die Hoffnung nie auf, seine Frau doch noch in Amerika in Empfang zu nehmen. Aber das Leben läuft eben nicht immer nach Wunsch. Die letzte Post, zumindest die, welche von meinen Verwandten aufbewahrt wurde, stammte von Weihnachten 1927. Vieles bleibt unbekannt, das ist schade, denn ich hätte gern noch mehr aus seinem bewegten Leben erfahren. Doch so bleibt ein Stück Familiengeschichte in der Erinnerung erhalten. Aber nicht nur als Familiengeschichte sondern ebenfalls ein kleiner Ausschnitt eines Künstlerlebens in der bewegten Zeit zwischen Ende des 19. Jahrhunderts bis kurz vor dem 2. Weltkrieg.

Dresden

Oktober 2024

Literatur/Quellen:

Adressbücher von Leipzig
Stadtarchiv Leipzig: Personenstandsregister
Kirchenbücher: Teichwolframsdorf/Thüringen
Abschriften aus dem Kirchenbuch Dornreichenbach
Kirchenbücher Nieder- und Oberösterreich
Festbuch für das 12. Deutsche Turnfest in Leipzig, Hg. Vom Preßausschuss, Leipzig 1912

Bogdan, Robert: Freak Show, Presenting Human Oddities for Amüsement and Profit, Chicago 1988

Geist, Johann Friedrich: Die Kaisergalerie. Biographie der Berliner Passage, München New York 1997

Hüfner, Hans: Zeitgeschichte aus der Froschperspektive, Dresden 1995, Teil 1

Klunkert, Gabriele: Schaustellungen und Volksbelustigungen auf Leipziger Messen des 19. Jahrhunderts. Eine wirtschafts- und sozialgeschichtliche Untersuchung, Göttingen 2010

Rachbauer, Manfred u. Tamara: Franz Winkelmeier. Der Riese von Lengau. Eine Spurensuche, Verlag Book on Demand Norderstedt 2017

Rouette/Ulrich/Ziemann (2011): Der Erste Weltkrieg 1914-1918, Fernuniversität Hagen, KUE 2 Frauen und Soldaten im Krieg, S. 26 f.

Weltner, Albert Josef (Hg.): Das kaiserlich-königliche Hof-Operntheater in Wien. Statistischer Rückblick auf die Personal-Verhältnisse und die künstlerische Tätigkeit vom 25. Mai 1869 bis 30. April 1894, Wien 1894

Archiv Stiftung Stadtmuseum Berlin:

Stadtmuseum Berlin: Reproduktion der Postkarte der Lübecker Lichtdruckanstalt Schmidt & Gebr. Böttcher (Hersteller), unbekannter Fotograf „Riese Paul Herold aus Leipzig und sein früherer Reisebegleiter Arthur Leithold komplett 2,43 m groß“, New York 4.07.1935, Lichtdruck, 13,60 cm x 8,50 cm, Inv.-Nr.: SM 2024-01661, © Stiftung Stadtmuseum Berlin

- Zeitungsausschnitt: Zeitschrift „Programm“ v. 11.03.1928
- Zeitungsausschnitt: Zeitschrift „Programm“ v. 31.10.1936

Digitale Zeitungsarchive:

Annener Zeitung, Samstag, 10.2.1912, Nr. 18, 28. Jg.
DG: Westfälische Wilhelms-Universität Münster UuL

Auer Tageblatt und Anzeiger für das Erzgebirge: 24.8.1918, Nr. 197, 13. Jg.; DG: SLUB

Berliner Börsenblatt: 9.12.1888, Nr. 580
DG: Staatsbibliothek zu Berlin Preußischer Kulturbesitz

Berliner Börsenzeitung: 21.3.1873, Nr. 135
DG: Staatsbibliothek zu Berlin Preußischer Kulturbesitz

Berliner Tageblatt- und Handels-Zeitung: 6.7.1899, Nr. 338, XXVIII. Jg.
DG: Staatsbibliothek zu Berlin Preußischer Kulturbesitz

Dortmunder Zeitung, 8.10.1910, Nr. 511, 83. Jg.,
DG: Westfälische Wilhelms-Universität UuL

Dresdner Journal Königlich Sächsischer Staatsanzeiger, Samstag, 29.7. 1899, Nr. 174; DG: SLUB

Dresdner Nachrichten, Sonntag, 30.7.1899, Nr. 209, 44. Jg.,
DG: SLUB

Dürener Zeitung: 16.3.1912, Nr. 63, 40. Jg.
DG: UuL der Rheinischen Friedrich-Wilhelm-Universität Bonn

Erzgebirgischer Anzeiger: Mit Schwarzenberger Tageblatt und Amtsblatt: So. 3.11.1912, Nr. 256, 65. Jg.; DG: SLUB

Erzgebirgischer Volksfreund – Tageblatt u. Amtsblatt: Sa. 9.5.1914, Nr. 106, 67. Jg.; DG: SLUB

Frankenberger Tageblatt, Bezirksanzeiger: Sonnabend, 31.1.1914, Nr. 25, 73. Jg.; ebd. S. 91, DG: SLUB Dresden

General-Anzeiger für Dortmund und die Provinz Westfalen: 8.10.1910, Nr. 276, 23. Jg.
DG: Westfälische Wilhelms-Universität Münster UuL

Generalanzeiger für Duisburg, Ruhrort, Meiderich u. Umgebung: 26.11.1910, Nr. 285, XXIX Jg.
DG: UuL der Rheinischen Friedrich-Wilhelm-Universität Bonn

Generalanzeiger für Halle und die Provinz Sachsen: 3.4.1914, Nr. 79, 26. Jg.; DG: Martin-Luther-Universität Halle-Wittenberg

Hamburgischer Correspondent: Morgenzeitung d. Börsen-Halle, Montag, 5.12.1898, Nr. 568, 168. Jg.; DG: SuUB Hamburg

Hamburger Echo: 6.12.1900, Nr. 285, 72. Jg.; ebd. 17.9.1905,
DG: SuUB Carl von Ossietzky Hamburg

Hamburger Fremdenblatt, Mittwoch, 31.8.1898, Nr. 203, 70. Jg.; ebd. Seiten 39/40/41/42/53; DG: SuUB Hamburg Carl von Ossietzky

Iserlohner Kreisanzeiger und Zeitung: 15.11.1919, Nr. 268, 78. Jg.
DG: Westfälische Wilhelms-Universität Münster UuL

Leipziger Volkszeitung: 2.3.1921, 28. Jg.; DG: SLUB

Lüdenscheider Zeitung: 13.12.1919, Nr. 279, 52. Jg.
DG: Westfälische Wilhelms-Universität Münster UuL

Märkisches Tageblatt: Generalanzeiger für Witten und Umgegend, 11.1.1896, Nr. 9; DG: Westfälische Wilhelms-Universität Münster UuL

Mayener Volksblatt: 17.03.1896, Nr. 64, 23. Jg.,
DG: UuL der Rheinischen Friedrich-Wilhelm-Universität Bonn

Mayener Volkszeitung: 29.10.1910, Nr. 250, 37. Jg.; und 3.11.1910, Nr. 253, 37. Jg.
DG: UuL der Rheinischen Friedrich-Wilhelm-Universität Bonn

Mettmanner Zeitung: 19.6.1919, Nr. 135, 51. Jg.
DG: UuL der Rheinischen Friedrich-Wilhelm-Universität Bonn

Mülheimer Zeitung: Donnerstag, 13.2.1896, Nr. 37, 24. Jg.
DG: UuL der Rheinischen Friedrich-Wilhelm-Universität Bonn

Neue Leipziger Zeitung: Oktober 1923, Nr. 329

Riesaer Tageblatt und Anzeiger: 18.5.1918, Nr. 114, 71. Jg.
DG: SLUB Dresden

Schwerter Zeitung: 29.11.1919, Nr. 279, 52. Jg.
DG: Westfälische Wilhelms-Universität Münster UuL

Velberter Zeitung: 3.2.1911, Nr. 29, 31. Jg.
DG: Westfälische Wilhelms-Universität Münster UuL

Der Wächter Bielefelder Zeitung: 28.5.1898, Nr. 123, 35. Jg.; DG: Westfälische Wilhelms-Universität Münster UuL

Wittener Tageblatt: 28.2.1912, Nr. 53. Jg.;
DG: Westfälische Wilhelms-Universität Münster UuL

Wochenblatt für Zschopau und Umgegend – Amtsblatt, Samstag, 26.7. 1913, Nr. 87, 81. Jg.; DG: SLUB Dresden

Ausländische Zeitungen:

Wiener Allgemeine Zeitung: 29. Januar 1890, Nr. 3513
DG: Österreichische Nationalbibliothek

Die Presse, Wien: Sonntag den 4. Jänner 1891, Nr. 4, 44. Jg.
DG: Österreichische Nationalbibliothek

Die Lyra. Die Zeitung Leipzig, Wien: 1. April 1891 Nr. 13 (386), XIV. Jg., S. 3; DG: Österreichische Nationalbibliothek

Internet:

wikipedia.org/wiki/P._T._Barnum
wikipedia.org/wiki/Thomaskirche (Leipzig)
wikipedia.org/wiki/herold
wikipedia.org/wiki/Hein_Köllisch
wikipedia.org/wiki/Zip_the_Pinhead

Feldpostbriefe aus dem Westen – Max Beckmann, in: Kunst und Künstler, Jg. 13/1915, S. 462,
http://digi.ub.uni-heidelberg.de/diglit/kk1915/0496;

Ancestry/AFP – in der Sammlung New York, USA bundesstaatliche und föderale Einbürgerungsregister 1794-1943

Ancestry/AFP – Sammlung Landkreis Cook, Illinois,
Sterbeindex 1908-1988

Ancestry/AFP – New York, Passenger-Arrival-Lists 1892-1924, United States National Archives, Washington, D.C

Ancestry/AFP – New York, USA Listen ankommender Passagier und Besatzungen 1820-1957; The National Archives, London, England

Bildnachweise:

Stadtmuseum Berlin, Reproduktion der Postkarte von Paul Herold und Arthur Leithold, Archiv Stiftung Stadtmuseum Berlin – siehe Archiv Stadtmuseum Berlin, S. 148

Alle anderen Fotos und Ansichtskarten stammen aus dem Privatarchiv der Autorin.

Abkürzungsverzeichnis:

AFP	Ahnenforschungsportal
Aug.	August
DG	Datengeber
f.	folgende
inkl.	inklusive
Jänner	Januar
Jg.	Jahrgang
MLU	Martin-Luther-Universität
o. g.	oben genannte
Q.	Quelle
S.	Seite
Sa.	Samstag, Sachsen
SLUB	Sächsische Landesbibliothek Staats- und Universitätsbibliothek (Dresden)
So.	Sonntag
SuUB	Staats- und Universitätsbibliothek (Hamburg)
usw.	und so weiter
UuL	Universitäts- und Landesbibliothek

Anhang:

- Passagierliste Marylebon vom 2. März 1921
  Q.: Staatsarchiv Hamburg, Auswandererliste

- Passagierliste Olympic vom 9. März 1921
  Q.: The National Archives, London, England

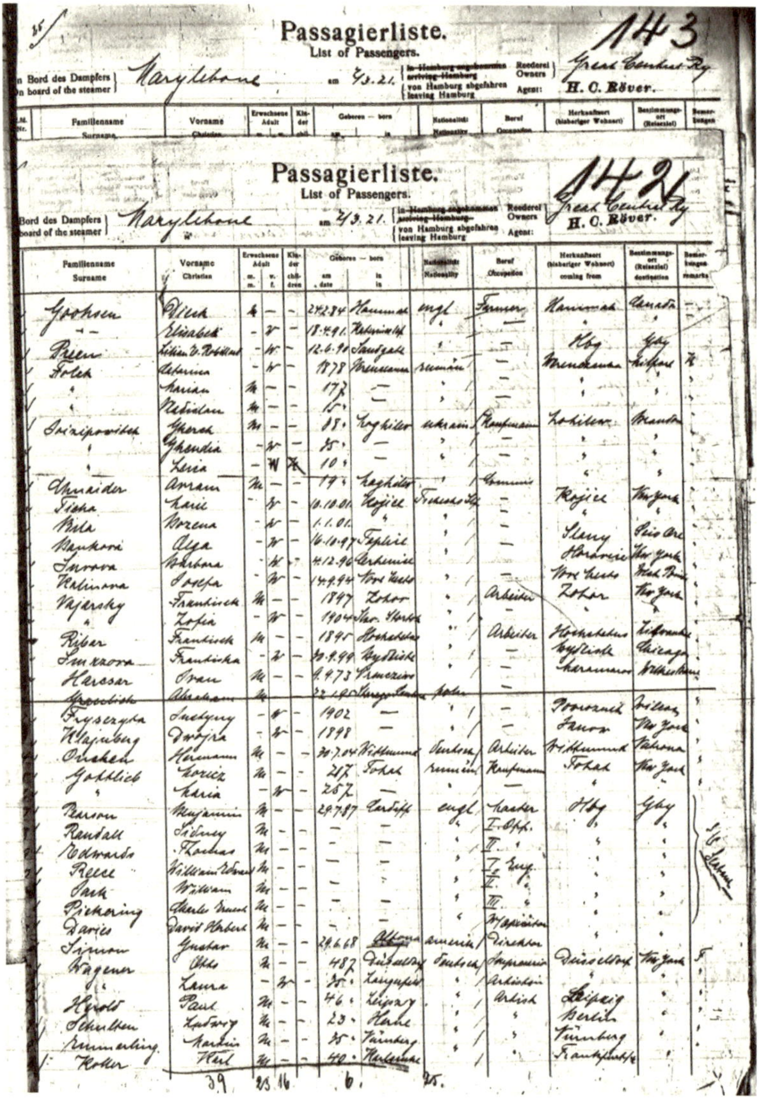

Passagierliste.
List of Passengers.

An Bord des Dampfers / On board of the steamer: Marylebone — am 4.3.21. — von Hamburg abgefahren / leaving Hamburg — Reederei / Owners: Great Central Ry — Agent: H. C. Röver. — 143

Passagierliste.
List of Passengers.

An Bord des Dampfers / On board of the steamer: Marylebone — am 4.3.21. — von Hamburg abgefahren / leaving Hamburg — Reederei / Owners: Great Central Ry — Agent: H. C. Röver. — 142

Familienname / Surname	Vorname / Christian	Erwachsene Adult m.	Erwachsene Adult w. f.	Kinder children	Geboren – born am date	Geboren – born in	Nationalität Nationality	Beruf Occupation	Herkunftsort (bisheriger Wohnort) coming from	Bestimmungsort (Reiseziel) destination	Bemerkungen remarks
Grohsen	Dirck	1	–	–	24.2.84	Hannover	engl.	Farmer	Hannover	Canada	
Barber	Elisabeth	–	w	–	18.4.91	Kalininstadt			Hbg	Gby	
Breen	Lilian V. Robillard	–	w	–	12.6.90	Sandgate					
Folek	Katerina	–	w	–	1878	Mercurean	rumän.		Mercurean	Liban	
	Marian	m	–	–	17						
	Natalia	m	–	–	15						
Srizipowitsch	Gherah	m	–	–	38	Kozhiler	ukrain.	Kaufmann	Zohilew	Manila	
	Ghendia	–	w	–	35						
	Leria	–	w		10						
Schnaider	Avram	m	–	–	17	Kozhiler		Commis			
Tiska	Marie	–	w	–	10.10.01	Kojice	Tschecho-Sl.		Kojice	New York	
Wila	Bozena	–	w	–	1.1.01				Slany	Rio Ave	
Mankova	Olga	–	w	–	16.10.97	Teplice			Slany		
Surova	Barbora	–	w	–	4.12.96	Cerhenice			Hovorice	New York	
Kalinova	Josefa	–	w	–	14.9.94						
Vajersky	Frantisek	m	–	–	1847	Zohor		Arbeiter	Zohor	New York	
	Zofia	–	w	–	1904						
Riber	Frantisek	m	–	–	1845	Hochstetten		Arbeiter	Hochstetten	Californien	
Smrzova	Frantiska	–	w	–	30.9.99	Bystrice			Bystrice	Chicago	
Harcsar	Ivan	m	–	–	9.4.73					Wilkesbarre	
Grossbich	Abraham	m			22.1.90		polen				
Fryszczyka	Luczyny	–	w	–	1902				Poroszuk	Willow	
Wajnberg	Dworja	–	w	–	1898				Janow	New York	
Orsken	Hermann	m	–	–	30.7.04	Wittmund	Deutsch	Arbeiter	Wittmund	Nahoma	
Gottlieb	Lorincz	m	–	–	27	Fohak	rumän.	Kaufmann	Fohak	New York	
	Maria	–	w	–	25						
Pearson	Benjamin	m	–	–	29.7.87	Cardiff	engl.	Master	Hbg	Gby	
Randall	Sidney	m	–	–	–			I. Off.			
Edwards	Thomas	m	–	–	–			II.			
Reece	William Edward	m	–	–	–			I. Eng.			
Park	William	m	–	–	–			II.			
Pickering	Charles Maud	m	–	–	–			III.			
Davies	David Herbert	m	–	–	–			Wireless			
Simon	Gustav	m	–	–	29.6.68	Altona	amerik.	Direktor			
Wagener	Otto	m	–	–	48	Düsseldorf	Deutsch	Ingenieur	Düsseldorf	New York	
	Laura	–	w	–	35			Artistin			
Herold	Paul	m	–	–	46	Leipzig		Artist	Leipzig		
Schulten	Ludwig	m	–	–	23	Halle			Berlin		
Rimmerling	Martin	m	–	–	35	Nürnberg			Nürnberg		
Koller	Karl	m	–	–	40	Karlsruhe			Frankfurt/M.		
	39	23	16		6		25				

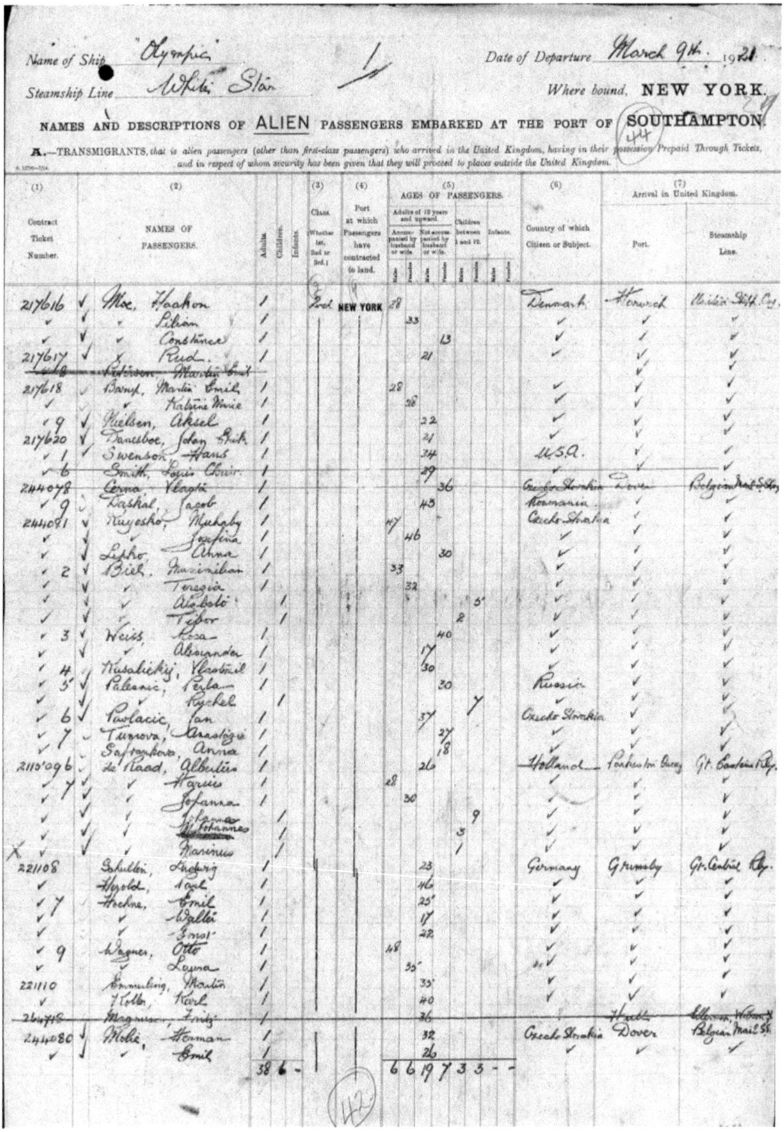

Name of Ship "Olympic" 1/ Date of Departure March 9th. 1921

Steamship Line White Star Where bound, NEW YORK.

NAMES AND DESCRIPTIONS OF ALIEN PASSENGERS EMBARKED AT THE PORT OF SOUTHAMPTON. 44

A.—TRANSMIGRANTS, that is alien passengers (other than first-class passengers) who arrived in the United Kingdom, having in their possession Prepaid Through Tickets, and in respect of whom security has been given that they will proceed to places outside the United Kingdom.

(1) Contract Ticket Number.	(2) Names of Passengers.	Adults.	Children.	Infants.	(3) Class. (Whether 1st, 2nd or 3rd.)	(4) Port at which Passengers have contracted to land.	(5) Ages of Passengers. Adults of 12 years and upward. Accompanied by husband or wife. Males	Females	Not accompanied by husband or wife. Males	Females	Children between 1 and 12. Males	Females	Infants. Males	Females	(6) Country of which Citizen or Subject.	(7) Arrival in United Kingdom. Port.	Steamship Line.
217616	Moe, Haakon	1			3rd	NEW YORK	28								Denmark	Harwich	United S.S. Co.
✓	✓ Lilian	1						33							✓	✓	✓
✓	✓ Constance	1								13					✓	✓	✓
217617	✓ Rud.	1							21						✓	✓	✓
~~✓ 8~~	~~Petersen, Martin Emil~~															✓	✓
217618	Bamp, Martin Emil	1					28								✓	✓	✓
✓	✓ Katrine Marie	1						26							✓	✓	✓
✓ 9	Nielsen, Aksel	1							22						✓	✓	✓
217620	Danesboe, Johan Erik	1							21						✓	✓	✓
✓ 1	Swenson, Hans	1							34						U.S.A.	✓	✓
~~✓ 6~~	~~Smith, Louis Olivir.~~	1							29						✓	✓	✓
~~244078~~	~~Cerna, Vlasta~~	1								36					~~Czecho Slovakia~~	~~Dover~~	~~Belgian Mail S.S. Co.~~
✓ 9	Daskal, Jacob	1							43						Roumania	✓	✓
244081	Kuyosko, Mihaly	1					47								Czecho Slovakia	✓	✓
✓	✓ Josefina	1						46							✓	✓	✓
✓	Lipko, Anna	1								30					✓	✓	✓
✓ 2	Biel, Maximilian	1					33								✓	✓	✓
✓	✓ Teresia	1						32							✓	✓	✓
✓	✓ Alabolo		1									5			✓	✓	✓
✓	✓ Tibor		1								2				✓	✓	✓
✓ 3	Weiss, Rosa	1								40					✓	✓	✓
✓	✓ Alexander	1							17						✓	✓	✓
✓ 4	Kusalicky, Vlastimil	1							30						✓	✓	✓
✓ 5	Palesnic, Perla	1								30					Russia	✓	✓
✓	✓ Rychel		1									7			✓	✓	✓
✓ 6	Pavlacic, Jan	1							37						Czecho Slovakia	✓	✓
✓ 7	Tunova, Anastazie	1								27					✓	✓	✓
✓	Safrankova, Anna	1								18					✓	✓	✓
211509 6	de Raad, Albertus	1							26						Holland	Parkeston Quay	Gt. Eastern Rly.
✓ 7	✓ Harris	1					28								✓	✓	✓
✓	✓ Johanna	1						30							✓	✓	✓
✓	✓ Johanna		1									9			✓	✓	✓
✓	✓ Johannes		1								3				✓	✓	✓
X ✓	✓ Marinus		1								1				✓	✓	✓
221108	Schulten, Ludwig	1							23						Germany	Grimsby	Gt. Central Rly.
✓	Hyrold, Paul	1							46						✓	✓	✓
✓ 7	Hoehne, Emil	1							25						✓	✓	✓
✓	✓ Walter	1							17						✓	✓	✓
✓	✓ Ernst	1							22						✓	✓	✓
✓ 9	Wagner, Otto	1					48								✓	✓	✓
✓	✓ Laura	1						35							✓	✓	✓
221110	Emmeling, Martin	1							35						✓	✓	✓
✓	Koller, Karl	1							40						✓	✓	✓
~~244718~~	~~Magnus, Fritz~~	1							36							~~Hull~~	~~Ellerman, Wilson~~
244080	Molie, Herman	1							32						Czecho Slovakia	Dover	Belgian Mail S.S.
✓	✓ Emil	1							26						✓	✓	✓
		38	6	-			6	6	19	7	3	3	-	-			

42

Publikationen der Herausgeberin und Autorin beim Engelsdorfer Verlag:

- **Schicksale im Ersten Weltkrieg**
  Erinnerung und Gedenken an Menschen in Dresden-Pieschen, Leipzig September 2016
- **Kuriose Grenzgeschichten**
  Mai 1945 bis November 1989, Leipzig 2017
- **Wir sind im Land unserer Träume**...
  Eine Reise von Dresden nach Italien im Sommer 1957, L. 2018
- **Man hat´s nicht leicht, so als Student**
  Architekt wollte er werden. Zeitgeschichte der Jahre 1948 bis 1954, Leipzig 2018
- **Das kreativste Reiseland**
  Auf Reisen gehen... während der DDR-Zeit, Leipzig 2019
- **Über die DDR:**
  Die Versorgung, der Handel, der Mangel, die Schlangen und anderes, Leipzig 2019
- **Aller Anfang ist schwer...**
  ARCHITEKT ist er geworden – Zeitgeschichte der Jahre 1954 bis 1989, Leipzig 2020 (Teil 2 zu: Man hat´s nicht leicht...)
- **TÜRKEI – Entdeckungen im Morgenland**
  Reisen von 1990 bis 2017, Leipzig 2020
- **Vom MILLENNIUM bis zum Jahr 2021**
  Episoden aus dem Alltag, Leipzig 2021
- **Schreiben Kinder heute noch Postkarten?**
  ERLEBNISSE aus dem FERIENLAGER, Leipzig 2022
- **Schreiben Menschen heute noch Postkarten?**
  ERLEBNISSE vom OSTSEESTRAND, Leipzig 2022
- **Kommunikation im geteilten Deutschland**
  Briefwechsel, Westpakete, Besuchsreisen...
  auf gleichwertiger Ebene?, Leipzig 2023